劇場版 SPY×FAMILY《スパイファミリー》 CODE: White

原作 遠藤達哉　小説 矢島 綾　劇場版脚本 大河内一樓

小説 JUMP j BOOKS

ヨル・フォージャー
続柄：妻
市役所勤めの事務職員。凄腕の殺し屋〈いばら姫《ひめ》〉という裏の顔を持つ。
ロイド・フォージャー
続柄：夫
腕利きの精神科医。その正体は西国の敏腕諜報員《エージェント》〈黄昏《たそがれ》〉で、百の顔を使い分ける。
ボンド・フォージャー
アーニャの遊び相手兼フォージャー家の番犬。元は軍事研究の実験体で予知能力を持つ。
アーニャ・フォージャー
続柄：娘
名門イーデン校の１年生。とある組織の実験で偶然生み出された心を読む超能力者。

CHARACTER

フィオナ・フロスト

ロイドの同僚。
諜報員〈夜帷《とばり》〉。

フランキー・フランクリン

情報屋。
〈黄昏〉の協力者。

ユーリ・ブライア

ヨルの弟。
秘密警察の所属。

スナイデル

軍情報部の特別偵察連隊を率いる。階級は大佐。

ドミトリ

スナイデルの部下。

ルカ

スナイデルの部下。

STORY

戦争を企てる東国《オスタニア》の要人・デズモンドの計画を突き止める為、西国《ウエスタリス》諜報員の〈黄昏〉は家族をつくり子供を名門イーデン校へ入学させるよう命じられる。だが偶然にも、彼が孤児院で引き取った"娘"は超能力者、利害が一致した"妻"は殺し屋だった!! あるとき爆弾犬を使っての西国大臣暗殺計画が発覚するが、予知能力をもった犬のおかげで無事阻止することに成功し、その犬「ボンド」を家族へと迎え入れることに。オペレーション〈梟《ストリクス》〉もフォージャー家もようやく軌道に乗ってきたと思われたが、仮初の平穏の前には幾多の困難が待ち受けていて——

劇場版 SPY×FAMILY
スパイファミリー
CODE: White

プロローグ

きらびやかなシャンデリアの下、仮面をつけた男女がワルツを踊っている。


「聞いた？　ヘイゼル夫人、スパイ容疑で捕まったって」

「ロジャーズ開発銀行の情報が西国《ウエスタリス》に流れてるって話だ」

「そんなことしたら国家保安局に目をつけられちゃう」

「我が東国《オスタニア》は、そのような脅しには屈しませんよ」


優雅なステップの合間に、仮面の下でくすくすとささやき合う。

そんな好奇と嘲笑に満ちたホールの片隅で、ワインを飲んでいた一人の貴婦人——この豪邸の主《あるじ》・ベルナルド議長の妻が、ふらりと足をもつれさせた。

「あっ」

「お酒が過ぎたようですね」

よろめく夫人に駆け寄り、その身体《からだ》をすっと支えた青年が、甘やかにささやく。目元を仮面で隠していてもわかるほど整った顔立ちをしていた。夫人は彼に抱えられたまま、執務室へ向かった。

「少し横になられた方が……」

「いいのよぉ。どうせあの人だって楽しんでるんだから」

夫人はそう言うと、青年がソファーを勧めるのをやんわりと拒み、奥の執務机に歩み寄った。

「ベルナルド議長の醜聞は我らも聞き及んでおります」

「醜聞？　うふふ」

青年の慇懃《いんぎん》な言葉を含み笑いで受け流し、机の上にゆったりと腰《こし》かける。

「どんな醜聞か教えてくださる？」

ドレスの下から伸びた白い足を青年の肩《かた》へ載せ、夫人が挑発的にささやく。

「――ええ。夜は長いですから」

青年は声を落としてそう応じると、指輪をはめた指で夫人の足にそっと触れた。次の瞬間、指輪に仕込んだ針で足首の内側を刺された夫人が、その場に崩れ落ちる。

「しばし、お休みください」

抱きとめた夫人の身体を机の上へ寝かせると、青年は鍵のかかった引き出しに手を伸ばした。

❄

ベルナルド議長が執務室の扉を開けると、夫人がソファーから気だるげに身を起こした。

「少し酔ってしまって」

「一人か？」

夫の問いかけに、

「今、二人になったわ」

夫人は匂い立つような艶《あで》やかさと、少女のような愛くるしさを併せ持った声音《こわね》でそう答えると、夫の腕《うで》に細い腕をからめた。

「行きましょう。甘いものが食べたいわ」

甘えるようにささやく妻に乞われ、議長が部屋を後にする。

今、自分が背を向けた――その机の下に、身ぐるみ剝《は》がされ毛布をかけられた本物の妻が眠っていようなどとは、無論、思いもせずに……。

それからほどなく、ベルナルド邸を一台の車が出立した。

ベルナルド夫人の運転するその車は、しばらくの間、人気《ひとけ》のない郊外をひた走っていたが、等間隔に並び立つ電柱の合間に不自然に垂れた電話線を見つけると、ぴたりと停車した。窓から手を伸ばし、電話線を車内に引き入れる。

夫人は、助手席に置かれた秘匿会話用電話機にその電話線を繋《つな》ぐと、若い男の声で、

「こんにちは、あるいはこんばんは」

と受話器の向こうにいる相手へ語りかけた。

「ミサイル配備計画書は手に入れました。これで東西のパワーバランスが崩れる事態は防げます」

そう報告し、夫人の手が己の顔を剝ぎ取る。夫人の美しい顔の下から現れたのは、際立って端正だが冷ややかな男の顔だった。

男——暗号名《コードネーム》〈黄昏《たそがれ》〉は、言わずと知れた西国の情報局に所属するスパイである。

「もちろんです。仕事は完璧に果たしてみせます」

〈黄昏〉はそう言うと、夜の闇のように冷え切った両目を、窓の外の虚空へと向けた。

＊

――同刻、東国にある、とある倉庫内。

「殺せ！　相手は一人だぞ！」

次々と倒れていく部下を前に、男が大声で叫ぶ。

だが男の檄《げき》も空《むな》しく、最後の部下が木箱の山の上に突き飛ばされた。それらの箱の中には、敵国《ウエスタリス》へ横流しする予定の機関銃などが収められている。いずれも大枚に変わる、いわば宝の山だ。それが今、たった一人の女の手によって、文字通り崩れ落ちていく。

「なんなんだ？　なんなんだおまえは！」

男が銃を手に、怒りと怯《おび》えが混ざった叫びを上げる。

女は自分に向けられた銃口を怖れる様子もなく、無機質な眼《め》をこちらへ向けてきた。ぞっとするほど昏《くら》い眼だった。女がゆっくりと近づいてくる。その両手には、あまり見たことのない形状の得物が握られている。

「……サフォーカ航空産業のカサド部長で、お間違いございませんね？」

「！」

「西国へ武器の横流しをする売国糞《くそ》野郎殿とお聞きしております」

女は丁寧な口調でそう言うと、

「大変恐縮なのですが、息の根止めさせて頂いてもよろしいでしょうか？」

何故《なぜ》だか、ひどく申し訳なさそうにそう続けた。常軌を逸した殺戮《さつりく》術を見せつけてきた女の場違いな上品さが、カサドを心の底から怯えさせた。

「ひいいいい！」

最早《もはや》、怒りは完全に消え去っていた。純粋な恐怖のままに手の中の銃を乱射する。——が、女はそれを完全に見切っていた。最小限の動きで銃弾を避《よ》け、カサドの心臓《しんぞう》を得物で一突きにする。

飛び散った鮮血が、薄暗い倉庫に真っ赤な花を描いた。


ボスは始末した。部下たちも皆、片付けてある。

女は冷ややかな目で倉庫を見回すと、小さく息を吐きだした。

「ふぅ……」

女——暗号名〈いばら姫《ひめ》〉。裏の世界で彼女の名を知らぬ者はいないほど、凄腕《すごうで》の殺し屋である。

＊

東国首都バーリント・西区公園通り128。

集合住宅の一室の前で、〈黄昏〉が扉に鍵を差しこんでいると、静かな足音が近づいてきた。

やがて自分の背後で止まったそれに、〈黄昏〉が振り返る。

そこに佇《たたず》む女――〈いばら姫〉の顔を見やった彼は、

「ああ、おかえりなさい、ヨルさん」

そう言って微笑《ほほえ》んだ。

〈いばら姫〉もまた、

「ロイドさんも病院のお仕事、お疲れ様です」

と微笑む。

――そう。

先程まで西国のため、東国のミサイル配備計画書を盗み出していた凄腕スパイと、東国のため、西国に武器の横流しを企む売国奴一味を一掃していた凄腕女殺し屋の二人は……。

「ヨルさんこそ。少しお疲れのようで」
「今日は、お客さんが多くて」
「お客さん？」
「あ……その、窓口業務を手伝ったので」
「ああ。お役所も大変ですね」

ロイド・フォージャーとヨル・フォージャー。ここバーリントの瀟洒《しょうしゃ》なマンションに住まう極一般的な夫婦である。

ただし、偽りの——。

あくまで、夫はスパイの任務のため、妻は殺し屋という正体を隠すためだけの婚姻であり、ロイドはヨルが〈いばら姫〉であることを、ヨルはロイドが〈黄昏〉であることを知らない。

両者は互いの正体を隠しながら、仮初の夫婦を演じている。

ロイドが自宅の扉を開けると、扉の向こうで待ち構えていた少女が、二人を出迎えた。

「ただいま　ちち　はは」

「ただいまです、アーニャさん」

「いい子にしてたか」

〝夫〟役であるロイドと〝妻〟役であるヨルの二人が、笑顔で語りかけるこの少女の名は、アーニャ・フォージャー。ロイドが己の任務のために孤児院から引き取ってきた〝娘〟である。もっとも、その後に偽装結婚したヨルには、便宜上、ロイドの実子であると思わせている。

そして、この一見、極普通の愛らしい少女にもまた、〝両親〟に負けぬ秘密があった。

(明朝までに隠しカメラの写真を現像しなければ)

(かくしかめら！　すぱい　かっこいい！　わくわくっ)

(ふぅ、お夕飯に間に合って良かったです。手榴弾《しゅりゅうだん》を投げられたり対戦車ロケットを撃たれたり、大変でした)

(よるごはんまえに　だいらんとう……！)

ロイドとヨルの心を立て続けに読んだアーニャが、スパイアニメ顔負けのスリリングな内容に興奮する。

人の心が読める――少女は超能力者だった。

無論、ロイドもヨルも〝娘〟にそんな能力があるなどとは思ってもおらず、アーニャ自身もことあるごとに隠していた。

「お腹すきましたよね」

ヨルがアーニャににっこりと微笑みかける。

「今夜はオムレツでも作ってみましょうかね」

「「!?」」

因《ちな》みに、ヨルは料理が殺人的に下手《へた》くそである。アーニャとロイドがビクッとその身を強張《こわば》らせていると、部屋の奥から大型犬がのそのそやってきた。

一家の飼い犬、ボンド・フォージャーである。ボンドはアーニャの横で立ち止まると、何かを察知したかのように小さな耳をピクッと動かした。アーニャの脳裏に、ヨルの料理を食べのたうち回っている自分とロイドの姿が映し出される。

これは、ボンドの心そのものを読んだわけではなく、実験によって特殊な力を得た彼が予知したヴィジョン――実際に起こり得る未来――を読んだものである。アーニャはそれを知っているだけに、サーッと青ざめた。

(ははに　りょうりまかせたら　いっかのきき!)

「ボフッ！　ボフボフ」

ヨルの料理の腕を身をもって知っているボンドも、来《きた》る恐怖に打ち震えている。

必死に無い知恵を絞ったアーニャが、

「アーニャ　よるごはん　ちちのつくる　アレがいい」

殊更、屈託のない口調でそう言うと、ロイドが素早く話にのってきた。

「アレ？　あー、ピーナッツバターのピザのことか？」

「そう　それ！」

「それもいいですね」

ヨルがにっこりと肯《うなず》くのを見て、ロイドがすかさず告げる。

「よし。今夜は肉もトッピングしてみよう」

「にくー　にくー　やったー！」

喜んだアーニャがボンドと奥へ向かう。ヨルが笑顔でその後ろに続く。ロイドは玄関の扉をそっと閉めた。

——これはスパイ、超能力者、殺し屋、未来予知を持つ三人と一匹が、互いの正体を隠しながら暮らす家族の物語である。

1

東国《オスタニア》きっての名門イーデン校。

東国の中枢を担う要人の子息や令嬢も多く通うこの学校には、六歳から十九歳まで約二千五百人の生徒が在籍し、学舎、生徒寮、体育館、演習場などを合わせると広さは小都市ほどもある。

その教室の一つで授業を受けていたアーニャは、担任教師の発した耳慣れない言葉に、ポカンとした顔になった。

「ちょーりじしう?」

教壇に立つヘンリー・ヘンダーソンが重々しく肯《うなず》く。

「そうだ、アーニャ・フォージャー。我が校伝統のお菓子作りの実習だ」

すると、背後の席から、

「何も知らねーんだなおまえは。ほんとにバカだな」

バカにするような小声がもれ聞こえた。同じクラスのダミアン・デズモンドである。その手下である、エミールとユーインがせせら笑う。

「別にいいでしょ。美味しいお菓子さえ作れれば」

アーニャのとなりの席のベッキー・ブラックベルが、すかさず言い返してくれた。ね、と笑いかけるベッキーに、アーニャも笑顔になる。

「アーニャ　おかしすき」

そんなアーニャの言葉を聞いたエミールとユーインが、

「食べるんじゃない作るんだぞ。わかってんのか？」

「どうせ、庶民の菓子しか作れないだろうけどな」

またバカにしてくる。

「バカ。そもそもこいつに、人間が食えるものを作れるわけないだろ」

「その通りですねダミアンさま」

「ですよねー」

「じなん　くそやろう」

さすがに腹が立ったアーニャが、後ろを向いて詰《なじ》った——その瞬間、ステッキの先で床を突く音と共に、威厳のあるバリトンが飛んだ。

「ノットエレガント！　私語は慎め！」

エレガントさと厳しさで知られる教師の一喝に、

「おこられた　じなんのせい」

「うっせー、てめーが……」

アーニャとダミアンが小声で醜く罪をなすりつけ合っていると、ヘンダーソンが今度は無言で睨《にら》みつけてきた。その眼光の鋭さに二人のみならずクラス中が静まり返る。

ヘンダーソンは軽く咳払《せきばら》いすると、話を再開させた。

「今年の審査は校長先生が直々にしてくださる。昨年の優勝者には〝星《ステラ》〟が贈られた」

〝星〟――という単語に、一同が「おおー」とざわめく。〝星〟とは、学業やスポーツにおいて優秀な成績を収めた生徒や、社会奉仕活動で表彰された生徒に贈られるイーデン校独自の褒章である。この星を八つ集めた生徒は〝皇帝の学徒《インペリアル・スカラー》〟と称され、彼らが集う懇親会への参加を許される。〝皇帝の学徒〟になることは全生徒の夢であり、〝星〟はその第一歩であった。

「すてら……」

アーニャの両目が期待に輝く。

❄

そんな教室内の様子を、ロイドは単眼鏡《たんがんきょう》を手に、向かいの学舎の屋根から見ていた。

ロイドもとい〈黄昏《たそがれ》〉の任務は、言わずもがな〝皇帝の学徒〟の父として懇親会へ堂々と潜入、そこに列席する東国の国家統一党総裁ドノバン・デズモンド――東西の平和を脅かす危険人物である彼と接触、その動向を監視することである。

作戦名は、オペレーション〈梟《ストリクス》〉。

彼はそのためにロイド・フォージャーとなり、偽りの家族を作ったのだ。


「『実習は月曜14時から。どのような菓子を作るかも自由だ。各自、準備を怠りなく、エレガントに調理するように』」

単眼鏡のレンズ越しにヘンダーソンの唇《くちびる》の動きを確認し、知りたい情報を得ると、ロイドは単眼鏡を外した。

「月曜14時……週末は料理の特訓だな」

独り言《ご》ちるロイドの頭上に、すっと小さな影が過《よぎ》る。空を仰ぐと一羽のハヤブサがぐるりと旋回していた。ロイドが見上げたのを確認するように、ハヤブサがその右足につかんでいた品を放す。

筒状に丸めた手紙のようなそれを宙でつかむと、ロイドは素早くその封を切った。

「F暗号か」

ロイドの表情がすっと鋭くなる……。

＊

東国の首都バーリントの喧騒《けんそう》の片隅に佇《たたず》む、ごくありふれた証明写真機。

ビルとビルの間の路地にひっそりと存在するそれは、東国内にある西国《ウェスタリス》情報局対東課
――通称〈WISE《ワイズ》〉へと続く秘密の通用口である。

〈WISE〉アジトにて、ロイドは上官であるシルヴィアと対面していた。

「こんにちは、あるいはこんばんは。エージェント〈黄昏〉」

「今度はなんですか、管理官《ハンドラー》」

他人《ひと》を呼びつけておきながら、ゆったりとコーヒーを啜《すす》る上官に、ロイドが単刀直入に尋ねる。すると、管理官ことシルヴィアは机の上に置かれた書類をこれみよがしに叩《たた》いてみせた。

「新たな潜入工作を頼みたい」

その悪びれない口調にげんなりとしつつも、ロイドが書類に手を伸ばす。ざっと目を通した後、真顔になって言った。

「この規模の潜入工作は時間的に無理です。オレにはオペレーション〈梟〉があるので」

「そいつはもういい」

「え？」

思いもしない返答に眉《まゆ》を寄せるロイドの目の前に、シルヴィアが一枚の写真をよこした。

そこには、でっぷりと太った中年男性と間抜け面の少年が写っていた。

「陸軍情報部のデップル少佐だ。オペレーション〈梟〉は彼に引き継ぐ」

「彼は無能な男です」

デップルを知るロイドが冷ややかに告げる。

「デズモンドは用心深い男です。経験も技術も足りない彼に、この任務が務まるとは思えません。リスクが大きすぎる」

ロイドの言葉に、シルヴィアはコーヒーを啜りながら答えた。

「私もそう思うよ。だが、こいつは本国からの決定事項だ。デップルのバックには委員会のお偉いさんがいるからな。予算取りに必死な上層部はＮＯを返せなかったようだ」

「…………」

「せめて、こちらにもう少し進捗なりがあれば、反論できる材料になったんだがな……」

〈鋼鉄の淑女《フルメタル・レディ》〉の異名を持つ司令官は、ひどく平板な声でそうつぶやいた。

〈本国は現場を何もわかっていない。東西の現状がどれだけ危ういバランスの上に成り立っているかを……〉

〈WISE〉のアジトを去るロイドの表情は、いつになく硬かった。苛立《いらだ》ちが胸の中にくすぶっている。

証明写真機から出たところで、アジトに向かう同僚に出くわした彼は、さも他人の態で、「どうぞ」と彼女に写真機の入り口を譲った。

「どうも」

と返事をした彼女の頭から、顔を隠すように深く被《かぶ》った帽子が風に飛ばされる。咄嗟《とっさ》に身を乗り出したロイドの手が空中でそれをつかむ。

図らずも、同僚の女性とロイドの影が一つに重なった——。

❄

「え……？」

偶々《たまたま》、業務で市役所の屋上に出ていたヨルは、人気《ひとけ》のない路地裏で、ロイドとおぼしき人物が覆いかぶさるようにして誰かとキスを交わしている——その光景に、両目を見開いていた。

＊

無論、キスなどしているはずがないロイドは、帽子をつかむために崩れた体勢を立て直すと、眼《め》の前の同僚に「どうぞ」と差し出した。

同僚——フィオナ・フロストは、優雅にそれを被ると、

「ありがとうございます、ご親切な方。なんとお礼を申したらよいか」

あくまで他人として礼を述べながら、口の形を変えて、尋ねてきた。

『黄昏先輩。こちらに顔を出すなんて。オペレーション〈梟〉に何かありましたか』

口の形と発音を分けることで、周囲に知られることなく秘密裏に会話できる——彼ら独自の方法である。ロイドも同様に返す。

「いえ、お気になさらず。素敵な帽子ですね」

『諜報員《ちょうほう》同士でも、互いの任務は詮索しないルールだぞ。〈夜帷《とばり》〉くん』

「海外製ですのよ。素材にとてもこだわっていて、なかなか入手できない代物《しろもの》なのですが、知り合いから特別にいただきましたの」

『以前から指摘しているように、何もしらない素人《しろうと》と偽装家族のミッションなんて無理が

あります。今からでも妻役は私に交代すべきです』
冷血・鉄面皮で知られる同僚はそう言うと、氷のような目でロイドを見すえてきた。

❄

一方、市役所の屋上に佇むヨルは、我に返ると、

「え？　ロイドさん？　今、女性の方とキキキ……キスを……？」

何度か瞬《まばた》きした上で、もっとよく見ようと両目を細めた。

路地裏の両者はすでに身体を離し、何事か話しているようだが、当然の如《ごと》く、話の内容までは聞こえない。そもそも、ヨルのいる屋上から件《くだん》の路地裏は、間に建物を挟んでいる。無論、高低差もある。驚異的な視力を誇るヨルでなければ、人物の特定どころか、人がいることすら判別できないだろう。

「ヨル先輩、聞いてます？」

「え？　はいっ」

背後からカミラに声をかけられ、ヨルが慌てて振り返る。

「だから、浮気の話ですよ」

「ウワキ……？」

ヨルが小首を傾げると、

「浮気には三つのサインがあって」

カミラがおもむろに三本の指を立てて見せた。

「一、出張が増える。二、服装の好みが変わる。三、突然のプレゼント」

「外泊とかチョー怪しいよね」

奥でポールの先の旗をつけかえていたミリーが、愉《たの》しげに笑う。

「服装は、相手の女に合わせるからだな」

シャロンも訳知り顔で肯く。

「突然のプレゼントは、後ろめたいから〜」

「安易だな」

「はあ……そういうものなのですか？」

同僚たちの言葉にヨルが目を白黒させていると、

「ホントですって。私の離婚した友達は、みんなあてはまってたって」

カミラが自信満々に応じる。

「…………」

ヨルは思わず、先程の路地裏へ目を向けたが、そこにはもう誰の姿もなかった……。

その日の夕方、自宅のリビングで、ロイドは新聞を手にコーヒーを啜り、ヨルは紅茶を飲んでいた。傍らではボンドがすやすやと寝息を立てている。

一見、和やかな夫婦の一時にも見えるが、

（オペレーション〈梟〉を外れる。となると、ここも引き払わなければならないな）

ロイドはオペレーション〈梟〉の今後について考え、ヨルはヨルで、

（あの方は誰だったのでしょう？　ロイドさんの恋人？　でも、そんな方がいらっしゃるなら、どうして私に妻役を頼んだのでしょう？　ひょっとして、私ではなく別の方に母親役を頼むことにしたとか？　私、やっぱり妻として母として足りていなかったでしょうか……）

昼間見た光景からとりとめのない妄想に囚われ、悶々《もんもん》としていた。

――と、玄関の扉が開いた。

「アーニャ　きかんした」

「！　おかえりなさい」

慌ててソファーから立ち上がったヨルが、笑顔で迎える。

「がっこうで　とくしゅにんむのけいかくしょ　うけとった」

何故《なぜ》か得意げな顔で、アーニャが学校で配られたプリントをヨルに手わたす。愛らしいイラストの描かれた紙面に、ヨルは目を落とした。

「調理実習……」

「みんなで　おかしつくって　いっとうしょう　きめる」

「へー。そんな授業があるんですね」

ヨルは感心したようにそう言うと、キッチンにアーニャの分のココアを淹《い》れに向かった。

アーニャが弾むような足取りでそれに続く。

ロイドはそんな二人の姿をぼんやりと眺めていたが、

（ここで〝星〟を獲《と》れば、多少なりとも、オペレーション〈梟〉の進展を提示できる。管理官が本国の指令を押し返す材料になれば……）

ふと思いついた考えに耽《ふけ》る中、キッチンからは甘いココアの香りが漂ってくる。

「どんなお菓子を作るんですか？」

「んーと　ベッキーは　なんとかけーきつくるって　じなんは　なんとかかんとかっていってた」

もれ聞こえる〝母〟と〝娘〟の会話に、なんとかばっかりじゃないか、と思いつつも、

（今年の審査委員は校長だ。確か、食事に関するデータがあったはず）

ロイドは自分の頭の中にある、膨大なデータを探った。確か、あれは——。

「メレメレはどうかな？」

ロイドが言うと、キッチンからココアを運んでいたアーニャが、

「メレメレ？」

と不思議そうに聞き返してきた。

「校長先生の好物だって」

「よくご存じですね」

ロイドの言葉に、キッチンから戻ってきたヨルが感心する。

「校内新聞に書いてあったのを、たまたま見かけたんです」

ロイドはヨルに微笑《ほほえ》みかけると、

「中でも、故郷のフリジスで食べたメレメレが最高だって」

そう続けた。アーニャが、パッと両手を上げる。

「アーニャ　それたべてみたい」

「古い菓子だからな。この辺りでは見かけないな」

（資料によれば、故郷の店というのは、ちょっと変わったメレメレを出すそうだが……）

ロイドは顎に手を当てると、笑顔になって言った。

「フリジスまで食べに行くのはどうかな?」「!」

途端にアーニャの両目が輝き出す。

「一等を目指すなら、実際に食べてみるのが一番だろう? 少々遠いが、週末を使えば行って帰ってこれる」

「いくー!!」

アーニャが鼻息も荒く返事をする。その声で目が覚めたらしいボンドが、アーニャの脇にボフッと鼻先を突っ込んできた。


「泊まり……」

ボソリとつぶやいたヨルの脳裏を、昼間のカミラの言葉が過る。

――一、出張が増える。

(これは……出張になるのでしょうか? ウワキ? のサイン? でも……)

判然としないヨルが、チラチラとロイドを盗み見る。

「おでけけ　おでけけ　おでけけ！」

「ボボボフボボボフッ」

「遊びに行くんじゃないぞ。わかってるのか」

浮かれるアーニャとボンドにロイドが釘《くぎ》を刺すと、

「まかせろ　まぼろしのメレメレを　かならずやてにいれてみせる」

キリッとした顔になったアーニャが敬礼の姿勢で答える。

「幻じゃない、店で普通に出してる」

ロイドはそう言うと、ヨルに尋ねてきた。

「ヨルさん、週末、ご都合はどうですか？」

「えっ？　私も？」

狼狽《うろた》えるヨルに、ロイドはニコニコ微笑んでいる。

――もっとも、そのいかにも良い夫然とした顔の裏で、

（聞くところによると目当ての店は『家族しか入れない』というルールがあるらしいからな）

となんともスパイらしいことを考えていたのだが、無論、ヨルが知ろうはずもない。

（私も一緒に……ということは、これはサインではなかったということ……？）

カミラから聞かされた話と現状を照らし合わせ、ヨルが悩んでいると、

「先約ありましたか？」

ロイドが案ずるように尋ねてきた。

「いっ、いえ。大丈夫です」

慌てたヨルが若干噛《か》み気味に答えると、ロイドはホッとしたような顔で笑った。

「ならよかった。では、行きましょう。フリジスへ」

「は……はい」

「ボーフ」

「おー！」

躊躇《ためら》いがちに肯くヨルを尻目《しりめ》に、アーニャとボンドが心の底からうれしげな声を上げた。

バーリント駅を出発した列車がフリジス地方に入ると、窓の外にうっすらと雪が降り始めた。

コンパートメントの窓からわくわくと眺めていたアーニャは、ロイドに促され教科書へ視線を戻す。だが、すぐにげんなりした。テーブルの下で足をバタバタさせる。

「アーニャ　べんきょうにがて……」

足元では、バーリント駅でつけてもらった許可証を首から提げたボンドが、すやすやと寝息を立てている。

「ほら、ここはさっき教えたやつだ」

テーブルを挟んで向かいに座ったロイドが、淡々と解説してみせたが、

（**〝星《ステラ》〟獲得のためには、基礎学力の充実も欠かせない**）

その心を読んだアーニャは、更にげんなりした。

先程からずっとこんな感じで、勉強ばかりさせられている。せっかくの旅行なのに、トランプの一つもできず、途中の駅で買ったパンを食べた時以外に休憩らしい休憩もない。

「ちち　トイレ」

うんざりしたアーニャが先生にするように手を挙げる。ロイドが疑わしげな視線を向けてきたが、白《しら》を切った。

「一人でいけますか？」

「だいじょぶ」

心配そうなヨルに笑顔で請け合うと、ようやく自由になったアーニャは勢いよく席から立ち上がった。

「やれやれ」

とつぶやくロイドを尻目《しりめ》に弾む足でコンパートメントを出ると、のそりと起き上がったボンドがボフボフ吠《ほ》えながらついてきた。

＊

「ふう〜」

「ボフ」

トイレを終えたアーニャが、列車の揺れに注意しながら、トイレの横の洗面所でびちゃびちゃと手を洗っていると、洗面台の脇にポツンと鍵が置かれている。

「なんだ　これ？」

鈍い色をしたその鍵をアーニャがつかむと、ボンドの耳がピクッと動いた。——直後、アーニャの頭の中に、ボンドの予知する未来が流れこんできた。

八号車と書かれた扉。一見して荷物車両だとわかるそこの棚に無造作に積まれたトランクの一つに、この鍵を差しこむ。トランクが開き、中の小箱を開けたアーニャ《自分》が笑顔になったところで……ザザッとノイズが走った。

場面が変わり、同じ車両内で、二人の男がこそこそ話している。

『共和国の連中にとっちゃ、喉《のど》から手が出るお宝だからな。そいつがあれば……』

その意味深な言葉を最後に、ヴィジョンが途切れた。

「おたから……?」

現実に戻ったアーニャが、手の中の鍵をじっと見つめる。

「これ　おたからのかぎ?」

誰に尋ねるともなくつぶやくと、アーニャは瞳《ひとみ》をキラキラさせ、鍵を握りしめた。

「わくわくっ」

アーニャが書いていたノートを判読しようと頑張っていたロイドだったが、やがてため息と共にノートを閉じた。

「せめて、読める字にしてくれ」

思わずこぼれた、というようなその愚痴に、ヨルは「ふふふ」と笑う。

「でも、この間一緒に字の練習をしたのです。アーニャさん頑張ってましたよ」

そう言うと、ロイドが少し驚いたような顔になった。

「遅いですね。道に迷ってないとよいですが」

通路に続く扉を見ながら、ロイドに向けてというでもなくつぶやくと、ロイドがふと笑顔になって言った。

「ヨルさん、すっかり母親が板についてきましたね」

「いえ、そんな……」

その言葉をどう取るべきか迷ったヨルは、咄嗟《とっさ》に下を向いた。

（え？　ロイドさんは私の母親ぶりに、不満があるのだと思っていましたけど……）

そこで、はっと気づく。

（まさか、不満があるのは妻の部分⁉）

自分で自分の想像に頬《ほお》を赤らめていると、ロイドが不審そうに「ヨルさん？」と呼びかけてきた。――が、ヨルの耳には届かない。

（た、確かに妻としては至らぬ点も多々あり……）

誰に向けてなのかわからない反省を胸の中でつぶやいていると、通路に繋《つな》がる扉の窓ガラスの向こうで、カップルとおぼしき男女が、白昼堂々、熱烈なキスを交わしていた。

「⁉」

あわてて片手で口元を覆い、目を逸《そ》らしたヨルだったが、思わず指の下で唇《くちびる》がもぞもぞと動いてしまう。

「口、どうかしましたか？」「‼」

いきなり顔をのぞきこんできたロイドに、ビクッと身を強張《こわば》らせたヨルが反射的に立ち上がる。

「いいいいえっ、ちょっと口紅があわなかったみたいで痒《かゆ》くて……そ、それよりアーニャさん遅いですねー。心配なので、ちょっと見てきますね。アハハー」

一気にそう言うと、呆気《あっけ》にとられたロイドを残し、コンパートメントを飛び出した。

コンパートメントの脇の狭い廊下をとぼとぼ歩きながら、

（私たちは体裁だけの夫婦で、ロイドさんだってそれはわかっているはずで……）

胸の中で自分に言い聞かせる。両手で覆った頬が熱い。その手をそっと下にずらし、指先で自身の唇に触れる。

ふと、窓に目をやると真っ赤な顔をした自分と目が合った。我に返ったヨルは、ぱっと手を唇から離すと、顔の前でパタパタと仰いで、熱《ほて》った頬に少しでも冷たい空気を送った……。


——その頃、アーニャはボンドを従え、七号車の中を歩いていた。

ここはコンパートメントではなく、車両の端にバーカウンターが、車両の両サイドにソファーが置かれたいわゆるバー車両だ。今の時間帯はバーもやっておらず、客の姿もない。

車両の端まで進むと、となり——最後尾の車両につながる扉に行き当たった。

「さっきみえたのは　8のトコ　だったから」

扉の上部に書かれた『No．8』の文字を確認してから、扉を開ける。ボンドはどことなく不安そうな様子で、アーニャの後ろにピッタリとくっついてきた。

「ここだ！　さっきみたとこ」

八号車の中を見回したアーニャは、先程のヴィジョンと同じ荷物車両に胸を高鳴らせた。

っている。

薄暗い車両内は左右のほか中央にも荷物棚があり、棚と棚の間がそれぞれ細長い通路にな
お宝への期待に満ちた——いささか下卑た顔でキョロキョロと視線を泳がせながら、奥の通路を進んで行くと、例のトランクが見つかった。ヴィジョンで見たのと同じ色で同じ形、同じステッカーが貼られている。

「ふおーーっ　おたから……！」

大興奮したアーニャが、震える手をトランクの取っ手に伸ばしかけると、

「ボフ」

ボンドがアーニャの服をくわえて後ろに引っ張った。それにアーニャが正気に返る。

「はっ！　おちつけアーニャ　ひとのやつ　かってにあけちゃうの　よくない」

だが、いかんせんそこは子供である。

好奇心には勝てず、先程のヴィジョンで悪者らしき男の『共和国の連中にとっちゃ喉から手が出るお宝だからな』発言を思い出し、

（……いや　もしかしたら　へいわがぴんちのやつが　はいってるかもしれない）

うんうんと自分を納得させた。

（これはへいわをまもるための　ぱとろーる……！）

心の中で他人の荷物を勝手に開ける行為を正当化し、再度、トランクへ手を伸ばす。車

両の床にそれを降ろし、ドキドキしながら例の鍵を差しこんでくるりとまわす。

ガチャッと鈍い音がした。

果たして、トランクの中央には小ぶりな宝箱が埋まっていた。

期待に胸を高鳴らせながら、輝く笑顔で宝箱を開けたアーニャだったが、中に入っていたのは、宝石でも金貨でもなく……。

「……？　ちょこ？」

つまみあげたそれをじっと見つめ、アーニャが露骨にがっかりする。「ひみつのあいてむじゃ　なかった……」

次の瞬間――

「このまぬけ!!」

扉が開く音に続いて、怒声が響きわたった。アーニャの小さな肩《かた》がびくーんと跳ねる。

咄嗟に、指につまんでいたチョコを放り出してしまった。

「!!」

慌てて手を伸ばしたものの上手《うま》くつかめず、アーニャの指に弾《はじ》かれたチョコが宙を舞う。

そんなことを繰り返した後、ボンドが自分の方へ飛んできたチョコを鼻の頭で器用にトスした。今度こそとアーニャが両手を伸ばす。だが、またしてもつかみ損ね――チョコはアーニャの口の中へ……。

「!?」

アーニャが両手で自分の口を覆う。

頭では『今すぐ吐き出さねば』とわかっていても、舌の上でとろりと蕩《とろ》けはじめたチョコの美味《おい》しさに耐えきれなかった。夢中で咀嚼《そしゃく》する。

「……んまんま」

アーニャが恍惚《こうこつ》の笑みを浮かべていると、再び先程と同じ声が聞こえてきた。

「鍵をなくすなんて、大佐に殺されるぞ、ルカ。俺の星占い通りだ。なくしものに気をつけろって」

「船のステッカーが貼ってあるトランクだってのはわかってんだ。こじ開ければ済むことだ」

と、別の声が告げる。

トランクという件《くだり》に、アーニャは自分の目の前にあるトランクを見つめた。

（ん……？　これのこと…？）

慌てて――しかし、物音を立てぬようトランクを元の場所に戻すと、こちら側の通路に進んでくる男たちに見つからぬよう、ボンドと共に車両の奥のスペースから、反対側の通路へと移動した。

「六……七……八……荷物番号的には、ここら辺にあるはずだ」

荷物棚を挟んで男たちの声が聞こえてくる。

中腰《ちゆうごし》になったアーニャは、荷物の隙間からそーっとその姿を盗み見た。地味な色の服とそれぞれ形の異なるハンチング帽を被《かぶ》ったその二人連れは、一人は長髪《ちようはつ》で顔が細長く、もう一人は短髪で角ばった顔立ちだった。長髪の方が丸フレームの眼鏡《めがね》、短髪の方がスクエア型の眼鏡をかけている。

「ったくわかってんのか？　うちの工作員が苦労して盗み出したものなんだぞ」

「西の研究所に潜りこんで三年だっけ？　うへぇ……よくやるぜ」

「共和国の連中にとっちゃ、喉から手が出るお宝だからな。そいつがあれば……東西の均衡を一気に変えられる」

（……!?）

男たちの会話がキナ臭さを増していく。アーニャは自分の両手についたチョコの汚れをじーっと見つめた。

アーニャの頭の中で、たった今、耳にした会話と先程口にしたチョコの美味しさが重なり合い、一つになる。そして、陰謀うずまく壮大なストーリーが生まれ落ちた。

——ここは、とある研究施設。その名を——choco lab。

「われわれはついにウェスタリスいちのチョコをつくりあげた……!」

「お————!!」

チョコを手に涙する老研究員の言葉に、盛大な拍手を送る研究員一同。

だが、あろうことか、その中に潜んでいた工作員の口から、巨大な腕《うで》が現れ、

「ふははは、わたしは〈のどからてがでるはくしゃく〉のてさき! さいこうのチョコはいただいた!」

西国《ウエスタリス》一のチョコを奪い取ってしまう。

「これでわがくにのチョコのほうがおいしくてうれるようになるぜ!」

喜びの声を上げながら、逃げ去る工作員。

「ああなんてことだ、にしのチョコぎょうかいはおしまいだ……」

チョコを奪われた老研究員は、なす術《すべ》もなくよよと泣き崩れるのであった。おしまい。

(ちょこをねらう ごうとうだん……? こいつらわるもの?)

ごくりと音を立ててアーニャが唾《つば》を飲みこむ。こめかみを冷たい汗が濡《ぬ》らした。

「これだ。ステッカーが貼られたトランク」

短髪の男の声に、心臓《しんぞう》がドキンと跳ね上がる。

「!? 開いてる」

「おい、中身がないぞ」

アーニャの全身からさあっと血の気が引いた。声を出さぬよう両手で口を覆うと、べたついた手のひらから甘いチョコの香りがした。

「ドミトリ……俺が落とした鍵だ」

「拾った誰かが開けて、中身を持ってったってことか?」

「誰かって誰だよ」

「知るかよ。それよりどうする?」

男たちの声が徐々に緊張と苛立《いらだ》ちを孕《はら》んでいく。

「その誰かを見つけ出して取り返すしかねえ。その上で、秘密がばれないよう――」

短髪の男はそこで言葉を止めると、ジャンパーの内ポケットに忍ばせた銃に手を伸ばした。

「殺す」

(ころす!)

恐怖に頭が真っ白になったアーニャが、半泣き状態で後退《あとずさ》る。その際に背後にあったトランクに手が触れてしまった。

トランクの倒れる音が荷物車両に響きわたる。

「誰だ！」

男たちが誰何《すいか》の声を上げる。

アーニャは震え上がりながらも、同じく怯《おび》えるボンドと共に七号車へ続く扉に向かった。

❄

「出てこい！　隠れてるのは俺の花占いでお見通しだ」

長髪の男――ドミトリはポケットからおもむろに花を取り出すと、薄暗い車両内に向け、低くすごんだ。

すると、七号車に続く扉がガタッと開いた。

「!?」

ドミトリと相棒の短髪の男――ルカが同時にそちらを向く。何者かが出て行く影が見え、扉が閉まる音がした。

「追うぞ！」

「ああ」

ドミトリの言葉にルカが応じる。二人は出入り口に向かって、狭い通路を駆け出した。

❄

無人の七号車内を走り抜け、六号車に続く扉の前までたどり着いたアーニャとボンドだったが、先程は難なく開いたはずの扉が開かない。

半泣きで扉と格闘しているところに男たち――ドミトリとルカが追い付いてきた。ぶるぶると怯えたアーニャが扉に手をかけたまま振り返ると、「子供？」とルカが眉《まゆ》をひそめた。

「あのガキ、喰《く》いやがったのか⁉」

おそらくは、アーニャの口のまわりがチョコで汚れていることから、そう察したであろうルカのとなりで、

「見られたらまずいんでな。鍵をかけておいた」

ドミトリがアーニャに見せつけるように、輪っかに通された鍵をジャラリとまわした。

まさに絶体絶命の状況に、アーニャが遮二無二、扉を叩《たた》く。

「ちぃちぃ――!! はぁはぁあああああ!!」

「無駄だ。万が一聞こえても、その扉は開けられねえ」

冷たく言い放ち、男たちが近づいてくる。

自身も怯えつつも、ボンドがアーニャを守ろうと、低く唸《うな》っている。

「ピギャアアアアアアアア――――!!」

　恐怖にかられたアーニャが大声で泣き叫ぶと、バキッという音と共に、開かないはずの扉が開いた。そこに――

「はは!!」「アーニャさん!?」

　扉からもぎ取ったとおぼしき取っ手を持ったヨルの姿を見つけたアーニャが、喜びの声を上げる。

「?……アーニャさん。こちらの方たちは?」

　アーニャと男たちを交互に見やったヨルが、困惑気味に尋ねてきた。啞然《あぜん》としていたルカは咄嗟に我に返ると、銃を持った手を背中に隠した。

　九死に一生を得たアーニャとボンドが、転がるようにしてヨルの後ろに隠れる。

「お母さんですか?　そのお嬢さんが俺たちのチョコ――」

「ちょこどろぼう!!　こいつらわるもの!!」

　ルカの言葉を遮ってアーニャが叫ぶ。他人のトランクを勝手に開け、チョコを盗み食いしたことをばらされてはたまらない。

「アーニャ　ひどいめにあっちゃう」

「………?」

　凄《すさ》まじい棒読みで訴えるアーニャに、ヨルは状況が読めないのか、オロオロと瞬《まばた》きを繰り返している。

ルカとドミトリは互いに目配せし合っていたが、やがて、ドミトリの方が、「ち、面倒臭《くせ》えな」とつぶやいた。

ルカの方でも同様の思いらしく、

「二人まとめて、とっつかまえちまおう」

相棒に言うとでもなくそうつぶやくと、後ろ手に背中の銃のスライドを引いた。


——カチャン。


ルカの背後から独特な金属音がもれる。

「…………」

その途端、ヨルの目がすうっと険を帯びた。

「!?」

別人のように鋭い雰囲気を漂わせるヨルに、本能的な危機感を覚えたのだろう。男たちがじりじりと後退る。ヨルが一歩、前に足を踏み出すとドミトリは、

「あ、あのー、お母さん……!」

と狼狽《うろた》え、ルカは銃を突きつけ威嚇《いかく》したものの、その腰は完全に引けている。

「――アーニャさん、目を閉じていてください」

ヨルに言われ、アーニャとボンドが目をつぶるや否や――。


「うわあ!!」

「ぎいやあああ!!」


連続する鈍い打撃音と二人分の悲鳴が聞こえてきた。

「アーニャさん、もう大丈夫ですよ」

やさしく促され、おそるおそる目を開けた時には、男たちは白目を剝《む》いてヨルの足元に転がっていた。

「えっと……お二人は、その、転んでしまって!」

ヨルが懸命に誤魔化そうとする。明らかに嘘《うそ》だとわかるたどたどしい言い方とひきつった笑顔に、アーニャとボンドが白い目を向けた。

二人と一匹の間に、なんとも言えない空気が流れる。

(アーニャ　わるもののやぼう　そしした?)

アーニャは冷や汗を垂らしながら、そんなことを考えた……。

3

列車がフリジス駅のホームに着くと、アーニャは周囲を気にしつつもそそくさと列車を降り、ヨルもまた、キョロキョロと周囲を見やった後で、素早くホームに降り立った。

双方とも、先程の一件を警戒してである。

「?」

最後にホームに降りたロイドは、〝娘〟と〝妻〟の挙動不審な様子に眉《まゆ》をひそめていたが、駅舎を出たところで降りしきる雪に歓声を上げた〝娘〟は、すでに普段の彼女に戻っていた。

「おー!」

「ボーフ」

フリジスの駅舎の正面は、巨大なロータリーになっており、行き交う人々はみな厚着で白い息をもらしている。遥《はる》か前方には頂を白く染めた山々が聳《そび》え立っていた。

同じ東国《オスタニア》でもバーリントとは景色がまるで違う。

アーニャは物珍しげに周囲を見まわしていたが、ロータリーの脇に飾られた戦闘機を目にすると、再び「おー!!」と叫んで飛んで行った。その後ろにボンドが「ボーフ」と続く。

アーニャは一瞬で戦闘機から、側に降り積もった雪に興味を移すと、両手ですくいあげ、頭上でぱっと両手をひらいた。真っ白な雪が、アーニャとボンドの上に降り注ぐ。

「おおーっ!!」

「行くぞ。まずは目的を果たしてからだ」

無邪気にはしゃぐアーニャを促すと、背後でいそいそと雪ダルマを作っていたヨルが、にわかに我に返った様子で、

「そっ、そうでした。行きましょう、アーニャさん、ボンドさん」

と下ろしていた鞄《かばん》を肩《かた》にかけ、そそくさと歩き出した。

❄

乗客の荷物の受け渡しのため、荷物車両のドアを開けたポーターを巻きこんで、ズタボロのドミトリとルカがホームに倒れこむ。

「!? おわっ……なんだ、あんたら?」

仰天するポーターには目もくれず、ルカは朦朧《もうろう》とした頭でうめいた。

「…………れ、連絡だ。大佐に」

❄

——レストラン瓦礫《がれき》と絆亭《きずなてい》。

そう書かれた看板の先に、大きなログハウスのような店が見える。

浮かれたアーニャが駆け出し、入り口の横の窓から中をのぞくと、明るい店内は家族連れでにぎわっていた。ウエイトレスの手によって運ばれる料理は、どれも美味《おい》しそうで、誰もが満ち足りた表情を浮かべている。

アーニャが期待に胸を高鳴らせていると、背後でヨルがロイドに尋ねた。

「瓦礫と絆亭。ここがお目当ての？」

「はい。店主のこだわりで家族連れしか入れないそうです」

こだわりの店主。アーニャが「わくわく」と更に期待を高める。それが伝わったのかボンドも、「ボフッ！」とうれしそうに吠《ほ》えた。——だが、

「ああ、すまない、ボンド。ペットは入れないそうだ」

「……ボフ」

続くロイドの一言にしょんぼりと尻尾《しっぽ》を垂らしたボンドは、無情にも店の外に取り残さ

れた……。

＊

古めかしいが品のいい店内に通され、テーブル席でメニューを開く。

ややあって、そばかすの愛らしいウエイトレスが、「お決まりですか？」と尋ねてきた。

ロイドがメニューを手に注文する。

「本日のランチセットに追加で——ビーフミンチパイとスモークサーモン。アーニャはチキンソテーでいいか？」

「それたべる！」

アーニャが元気に答え、ヨルはそんなアーニャをニコニコと見守っている。どこからどう見ても、店主の求める仲睦《むつ》まじい家族だ。

「じゃあ、それと、食後にメレメレをください」

ロイドが再びメニューに視線を戻して言うと、ウエイトレスが人のよさそうな顔で笑った。

「お客様ラッキーですね。ちょうど最後の一つなんです」

「そうですか、よかった」

ロイドが笑顔で彼女にメニューを返す。それがなくては、こんな遠くまでわざわざ来た意味がない。

ほどなく料理が運ばれてくる。アラカルトで頼んだビーフミンチパイに、ランチセットのポテト料理にグラタン――。ホカホカと湯気を立てるそれらは、食欲をそそる見た目もさることながら、得も言われぬ香りがした。

「おぉ〰〰っ！」

アーニャがフォークとスプーンを握りしめる。

「いただきます」

ロイドとヨルが声を合わせると、

「いただきます」

アーニャも満面の笑みで食前の挨拶を口にした。

❄

リードで棚に繋《つな》がれ、外のウッドデッキで待つよう言われたボンドは、そんな一家の様子を窓の外から寂しげに眺めていた。

すると、店のドアが開き、軽やかな足音が聞こえてきた。

「ボフ?」

ボンドがそちらを見ると、近づいてきたウエイトレスがボンドの前に、プレートを置いてくれた。そこには、蒸したサーモンやささみ、ブロッコリーにドッグフードがどっさりと載っている。

「当店のスペシャルメニューでございます」

先程、ロイドたちを案内していたウエイトレスは明るくそう言うと、ボンドに向けて茶目っ気たっぷりにウインクし、店内へと戻って行った。

「ボフー」

喜び勇んだボンドは千切れんばかりに尻尾を振ると、ありがたく、ご馳走《ちそう》にありついた。

＊

「ピーナッツソースのチキンソテーです」

「うまそう!」

アーニャ用に頼んだメインが届く。ピーナッツが大好きなアーニャは大喜びで、早速、

食べようと皿に手を伸ばしたが、

「手で食べるのはダメだぞ。ナイフとフォークで食べるのがマナーだ」

すかさず、ロイドに釘《くぎ》を刺された。

「うぃ」

と答え、改めてナイフとフォークで食べ始めたアーニャだったが、持ち方が変なのでうまく切れず、「む〰〰」と悪戦苦闘している。

そんな娘の様子を向かい側の席からやれやれと見守っているロイドは、室内が暑いのか、タートルネックの襟元に指を入れて風通しを良くしていた。

(ロイドさんが、タートルネックなんて珍しいですね)

ヨルはぼんやりとそんなことを考えていたが、不意に、脳裏に二本の指を立てたカミラが現れ、

『二、服装の好みが変わる』

と告げた。それに、

(え？　まさか、これは、そういうことなのですか!?)

ヨルがあわあわする。これで、二つ目だ。

もっとも、ロイドはただ単に、寒冷地に備え普段より厚着をしてきただけなのだが——

そんなこととは知らぬヨルは、一人、突っ走る。

（やはり、そうなのでしょうか。あの女性のこと、きちんと聞かなくては。もし、本当にロイドさんに好きな方ができたのなら、私は……）

ぐっと唇《くちびる》を噛《か》みしめて、向かいのロイドを見すえる。そんなヨルの視線に気づいたロイドが、「あの、何か？」と不思議そうに尋ねてきた。

いきなりのチャンス到来である。――が、

「いえ、その……」

いざとなると言い出しにくい。しばらく、もぞもぞしていたヨルだったが、となりでチキンソテーと格闘しているアーニャの存在を思い出し、

（聞くにしても、アーニャさんのいないところで）

そう己を納得させた。

すると、タイミングよく大柄な男が席にやってきた。

「ようこそ、瓦礫と絆亭に。料理のお味はいかがですか？」

「うむ　びみだ　しぇふをよんでくれ」

アーニャが偉そうに答える。男は愉《たの》しげに笑うと、

「私がシェフでございます」

と名乗った。

「瓦礫と絆亭って、変わったお名前ですね」

ロイドが言うと、シェフはロイドの顔を見やって答えた。

「駅前に軍用機が飾ってあったのを見たでしょう？」

「ええ」

「あれは先の大戦の飛行船撃墜王レッキー、ブランドン・コンビの機体なんです。このフリジスは空の激戦区だったんですよ……」


「フリジス⁉」

＊

同じ頃、バーリントの国家保安局では、ヨルの弟であるユーリ・ブライアが、もれ聞こえた上官たちの会話に目を剝《む》いていた。

「今、フリジスって言いましたか……？　あの空軍基地があった」

「ああ。詳細は不明だが、軍の情報部が動いてる」

灰皿の脇に置かれた長椅子で同僚と話していた中尉が、いきなり割りこんできたユーリに気だるげに答える。それを聞くや否や、ユーリは、

「ユーリ・ブライア。休暇をいただきます」

と敬礼の姿勢で告げ、くるりと踵を返した。無論、そんなことが許されるはずもなく、

「おい、待て。なんだ」

中尉に阻まれる。ユーリは上官を振り向くと、正直に事情を話した。

「姉さんがフリジスに旅行中なんです。知ってる街でも迷子になるような姉なのに、もし事件に巻きこまれたら」

「待て。未確認の情報だ」

吸っていたタバコを灰皿に押し付けて火を消しながら、中尉が冷静に告げる。

「だったらボクが調べてきます」

「俺たちは保安局員なんだぞ。軍部のゴタゴタに勝手に首を突っ込むな」

立ち上がった中尉が、ユーリの背後に向けて顎《あご》をしゃくる。

「………？」

不審に思ったユーリが、中尉の視線を追って振り向くも、時すでに遅く、屈強な同僚二人に飛びかかられた。

「うわ！」

同僚の重みで廊下に倒れこんだユーリは、それでも最愛の姉を救いに行かんと懸命にもがいた。血反吐《ちへど》を吐かんばかりの絶叫が、国家保安局の廊下に響きわたる。

「あー!! 姉さあああああ――――ん!!」

❄

「――度重なる飛行船爆撃で、私はすべてを失いました。家も家族も。食べる物もろくになく、屋根のある所で眠ることも叶《かな》わず……」

シェフは殊更、悲劇ぶるわけではなく、むしろ淡々とした口調で語った。それが逆に、彼が失ったものの大きさを感じさせた。暖炉の中で、真っ赤な炎が煌々《こうこう》と燃えている。

「そんな時、子供が私に声をかけてきました。瓦礫の下から食料を取り出したいから、手伝ってほしいと。その子は、私と同じく家族を失った孤児でした」

「………」

過去を語る男の静かな声をじっと聴いていたロイドの脳裏に、あの大戦の記憶が蘇《よみがえ》る。瓦礫と化した街の中で、幼い自分はただ泣くことしかできなかった。

(オレは……二度とあの地獄を繰り返さないために……そのためにスパイになった)

ロイドが人知れず、そんな想《おも》いを噛みしめる向かいで、アーニャとヨルの二人も神妙な顔でシェフを見つめていた。

「失ってしまった温かい食卓を、母が作ってくれたあの家庭の味を、せめてみなさんに味わって頂きたくて――」

シェフは伏し目がちにそう言うと、顔を上げ、

「まあ、あの頃の自分を慰めるための自己満足ですよ」

そう言って朗らかに笑った。

悲しみや苦しみを深く飲みこんだその笑顔は、穏やかで、ただひたすらにやさしかった。

❄

特製プレートを無心に食べていたボンドは、ピクリと耳を立てると、プレートから顔を上げた。

「グルルルル……」

珍しく獰猛《どうもう》な唸《うな》り声を上げたその先には、五人の軍人の姿があった……。

❄

「お待たせしました。メレメレです」

ウエイトレスはそう言うと、アーニャの前にデザート皿を置いた。ドーム型のケーキの

ような菓子が切り分けられ皿に載っている。アーニャの顔がパアァァと輝く。

「これが！」

「確かに、ちょっと変わったメレメレですね」

キラキラと目を輝かせるアーニャのとなりで、同じく目を輝かせたヨルがそんな感想をもらしていると、店の扉が開く重たい音がした。ロイドがすっとそちらに視線を向ける。

続いて、硬い軍靴の底を鳴らし、五人の軍人が入ってきた。比較的年若い軍人たちの中で、中央の一人だけが、五十前後といった年頃だろうか。杖《つえ》をついてはいるが、足取りはしっかりとしている。

（あれは軍情報部の特別偵察連隊。何故《なぜ》、こんなところに……）

ロイドが両目を細める。中央の男の名は、確か——スナイデルだ。

「デリーシャスな香りがする。この店、当たりとみた」

スナイデルは、すうっと鼻から吸うと、気取った声でそう独り言《ご》ちた。

「すみません、お客様。当店はご家族のお客様限定とさせて頂いて……」

「羊肉のペイストリーとタラのカレー風ピラフ、それとメレメレをくれ」

遠慮がちに告げるウエイトレスを遮り、居丈高に注文を済ませると、空いている席に向かう。部下であろう若い軍人の一人が、キビキビとした動作で上官のために椅子を引く。

「でも、あの……」

ウエイトレスが戸惑っていると、すかさずシェフが従業員をフォローした。

「申し訳ありません。メレメレは本日品切れでして」

「なに？」

スナイデルは眉をわずかにひそめると、店内を見まわし、アーニャの前に置かれた皿でその視線を止めた。

「あるではないか」

スナイデルの横柄な言葉に、シェフが慌てて弁明する。

「あちらが最後の一つでして……」

だが、スナイデルは歯牙《しが》にもかけず、

「まだ手はつけていないようだな」

誰にともなくつぶやく。その言葉を聞きつけたお付きの一人が、ロイドたちのテーブルへやってくるなり、無言でメレメレの皿へと手を伸ばした。

「はうっ!?」

驚いたアーニャが思わずうめき声をもらすが、軍人はなんの感情もなく、アーニャからメレメレの皿を取り上げた。

「………！」

アーニャの両目に、みるみる涙が浮かぶ。

「困ります。軍の方でもルールは守って頂かないと」

軍人の横暴を前に、シェフが懸命に抗議するが、

「要塞地帯では軍に食糧管理の権限がある。この店の営業を停止させることも可能だ」

スナイデルの脅しに「そんな……」と青ざめる。

ロイドは無言で席を立つと、シェフの脇を通り抜け、

「失礼します」

と、スナイデルの座るテーブルの前に立った。

「任務お疲れ様です。メレメレは娘が楽しみにしていたものなので、別のデザートではいけませんか？」

あくまで丁寧且つ、にこやかに話しかけると、スナイデルの鋭い目がロイドから奥の席のヨルとアーニャに移り、そしてまたロイドへ戻った。

「旅行者か……まさかメレメレを食べるために？」

「はい」

「美味しい食事のために旅をする。いいね。君とは友達になれそうだ」

スナイデルがふっとその表情を緩める。ロイドが、内心、嘆息する。意外に話しが通じそうだ。

「では……」

「同好の士同士、勝負といこうじゃないか。君が勝ったら、このメレメレはそちらに進呈しよう」

スナイデルがニヤリと挑発的に笑う。

「どうかな?」「………」

ロイドは視線だけ動かし、自身の両斜め後ろに立つ軍人二人を見やった。さすがによく鍛え上げられている。身体能力は相当高いだろう。だが、所詮、ロイドの敵ではない。

しかし、ここは店内。ヨルとアーニャもいる。人目もある。

ロイドは素直に肯《うなず》くことで、スナイデルの横暴且つ無茶苦茶な提案を受け入れた。

＊

テーブルを挟んでロイドとスナイデルが向かい合う。

それぞれの前に三種類のケーキが置かれ、メレメレの載った皿は、ゲームの賞品として両者の間に置かれている。

「これらに使われている砂糖の種類を当ててみせろ」

スナイデルは傲岸にそう言うと、テーブルの上のホルダーから紙ナプキンを抜き、こちらへよこしてきた。

「答えは、こいつに書いてもらう。できるだけ正確にな」

「二人の答えが同じだったら？」

「その時は君の勝ちでいい」

　鷹揚にスナイデルが答える。

「…………」

　ロイドは細めた両目で向かいの男を見ると、自身の前に置かれたケーキへ視線を落とした。

　ヨルとアーニャが心配そうな顔でロイドを見ている。他の客たちも、何が始まるのだというように、こちらをのぞき見している。

「それでは始めてください」

　やや緊張した面持ちのウエイトレスの言葉に、ロイドとスナイデルの二人がケーキを食べ始める。

「んー、このウイスキーケーキの焼き具合が絶妙だな。八十五点」

　スナイデルが余裕のあるところを見せ、ケーキを堪能《たんのう》する。一方、ロイドは黙々とケーキを口に運んだ。

（ただの旅行者と侮ったな。オレは三つ星レストランに、シェフとして潜入していたことがある）

この勝負勝たせてもらう、とロイドが胸の中でつぶやく。

スナイデルは、相変わらず美味《うま》そうにケーキを味わっていた。


両者が食べ終わり、ナプキンに答えを記してテーブルの上に伏せる。瓦礫と絆亭の店内は、今や水を打ったように静まり返っていた。

「では、開けてもらおうか」

スナイデルに促され、ロイドが伏せておいた自身の紙ナプキンをめくる。

「左から、パーム砂糖、白双糖《しろざらとう》、上白糖《じょうはくとう》」

「……せ、正解です！」

シェフが驚きながらもうれしげな声を上げる。

「まあ、すごい」

「ちち　さとうのたつじん」

ヨルとアーニャのうれしそうな声も聞こえてくる。

だが、スナイデルはまったく動じることなく「フッフッフ」と忍び笑いをもらした。

「少しはやるようだな。では、私の番だ」

そう言い、紙ナプキンをめくる。

　すると、そこには種類だけでなく、使った砂糖のグラム数までも記してあった。思わずロイドが息を呑《の》む。

「なっ……グラム数まで」

「どうだ？」

　スナイデルがシェフに問う。その声に我に返ったシェフが、

「……正解です」

　とつぶやく。スナイデルは当然だというように笑うと、中央に置かれたメレメレの皿に手を伸ばした。

「できるだけ正確なのは、私の方だったな」

　フォークで崩したメレメレを口へ運び、「んー」と感嘆の声を上げる。

「がーん　ちちがまけた……！」

「そんな……」

　ショックを受けるアーニャとヨルを余所《よそ》に、スナイデルは注文の品を食べ終え、席を立った。

「ありがとうございました」

　躊躇《ためら》いながらもシェフが声をかける。

「楽しませてもらったよ。特にメレメレは最高だった」

ロイドにそう言い残すと、スナイデルは部下と共に店を出て行った。

ロイドが無言で彼の出て行ったドアを見つめていると、

「ちち……」

アーニャが珍しく案ずるような声を出した。

「大丈夫だよ、アーニャ。メレメレを食べるのが明日になっても、列車を乗り継げば月曜の調理実習に間に合う」

笑顔を作ってそう言うと、シェフが「あの……」と口を挟んできた。

「メレメレの食材は月曜にならないと入荷しないんです」

「そんな……では、レシピを教えてもらうわけにはいきませんか？」

困惑したロイドが食い下がる。シェフはすまなそうに答えた。

「レシピは記録していません。それに、あったとしても教えるわけには――」

「ケチ」

と不満そうにつぶやくアーニャを、ロイドが「こら」と窘《たしな》める。

「あの、別のお菓子を作るのはどうですか？」

ヨルがその場の雰囲気を変えようと、すかさず提案する。

ロイドはわずかに逡巡《しゅんじゅん》したものの胸の中で頭《かぶり》を振った。

（いや。アーニャの腕《うで》では、正攻法で優勝するのは不可能だ。万に一つの可能性があると

したら校長の好物であるメレメレのみ……！）

そんなことを考えるロイドの向かいで、アーニャがしゅんと項垂《うなだ》れる。

——因《ちな》みに、アーニャはロイドの心を読み、その辛辣かつ冷静な判断に、

（すてらぜつぼうてき……！）

とショックを受けたのだが、無論、ロイドとヨルの二人は知るはずもない……。

ただ、いつになくしょんぼりと涙まで浮かべているアーニャに、ヨルは何かを決意したような顔になると、

「あの！　私たちで食材を手に入れてきたら、作って頂けるでしょうか」

「……そりゃあ、まあ」

ヨルの勢いに、シェフが気圧《けお》され気味に肯く。

「ヨルさん？」

ロイドも驚いてヨルを見つめた。

「諦めるのは、まだ早いです」

ヨルは力強くそう言うと、皆を元気づけるように微笑《ほほえ》んでみせた。

4

フリジスの市内にある青空市場は、買い付けの客で大いににぎわっていた。

雪に白く染まった市場のあちこちで、果物《くだもの》や野菜が売り買いされている。


「シェフから教わった食材はこれです」

ロイドが食材を書いたメモをヨルに見せる。

「けっこうありますね」

「問題ありません」

ロイドは事もなげにそう言うと、メモをコートのポケットにしまい、視線を市場へ戻した。

(右手前の店にドライチェリー。その奥の店にコケモモ。右三番目の店の奥の棚にヘーゼルナッツ……把握した)

素早く店の配置とそこで買う物を整理すると、

「少し待っっててください」「?」

きょとんとする一同を残し、市場の人ごみを駆け抜けながら、流れるような動きで買い

物を終えると、二人と一匹の元へ戻ってきた。まるで曲芸のようなそれに、

「おぉ～！」

アーニャとヨルが歓声と拍手を送る。ボンドもパタパタと尻尾《しっぽ》を振ってみせた。

「次はオレンジシロップだが……」

ロイドが辺りを見まわしていると、

「お兄さん、奥さんにお一ついかが？」

華やかな声がした。見れば近くの店先で、女店長とアシスタントが呼びこみをしている。

ロイドたちに歩み寄ると、口紅がたくさん入った箱を掲げて見せた。

「フリジスのハチミツをたっぷり使った、肌にやさしい潤い口紅だよ」

「お……奥さん……」

あわあわとしたヨルが、小声で恥じらうようにつぶやく横で、

「では、一ついただきます」

とロイドが応じる。

「いえ！　ロイドさん、私は別に……」

「口紅、合わないと言っていたでしょう？」

慌てたヨルが断ろうとするより早く、ロイドは箱の中の口紅を物色し、その中の一つを手に取った。

「この色なんてどうですか?」

「え……ああ……そ、そうですね、きれいな色、です……」

ロイドが選んだ口紅を見せると、ヨルは戸惑った後にもごもごとそうつぶやいた。にっこりと微笑《ほほえ》んだロイドがアシスタントに代金を払う。

女店主が「まいどー」と明るい声を上げた。

❄

「どうぞ」

ロイドが今買ったばかりの口紅を、にこやかに差し出してくる。

「こ、これは……」

思わず心の声がもれる。ごくりと唾《つば》を飲みこむヨルの脳裏に、再びカミラの顔が浮かんだ。

『三、突然のプレゼント』

「……プレゼント、でしょうか?」

内心、慄《おのの》きつつも一縷《いちる》の望みを持って尋ねると、

「え？　ええ」

ロイドは少し面食らいつつも笑顔で肯《うなず》く。それにヨルが、ああ、やっぱり、と激しいショックを受ける。

——因《ちな》みに、口紅をプレゼントしたロイドの心境としては、

（最近、ちょっと元気がないみたいだし。パートナーのケアもミッションには欠かせないからな）

あくまで通常運転。偽装夫婦を円満に続けるため——即《すなわ》ち、オペレーション〈梟《ストリクス》〉の一環であった。


……が、カミラの言葉が頭から離れないヨルは、

（浮気のサイン……三つそろってしまいました）

そんなことを考えガクリと項垂《うなだ》れる。

「？　ヨルさん？」

「あの、私……ちょっとお手洗いに」

ヨルはそう言うと、手にしていたボンドのリードをロイドに預けた。

「え、ええ……」

戸惑いながらも肯くロイドに背を向け、ふらふらと歩き出す。頭の中はついに三つそろってしまった浮気のサインでいっぱいだった。

❄

（旅行で疲れたのか？　ヨルさん、大丈夫だろうか）

いやにふらふらとした足取りでトイレに向かうヨルの背中を見やり、ロイドが内心、眉《まゆ》をひそめる。さすがの彼にも、自分のプレゼントが〝妻〟にショックを与えているとは、想像だにできなかった。すると、興奮したアーニャが足元にまとわりついてきた。

「ちち！　あれはなんだ!?」

小さな指がさし示す方向を見ると、電飾に彩られた屋台がいくつも並んでいる。まるで夢の中の街のようにきらびやかなそこには、小ぶりながら観覧車まであった。家族連れや恋人たちが幸せそうに歩いている。

「きらきらのぴっかぴか！」

「ああ、シティマーケットか」

「ぴっかぴかー！」

そう叫ぶや否や、一目散に駆け出した。

「待て待て待て！」

素早く追いついたロイドが、アーニャをさっと抱き上げる。

「勝手に動くな、迷子になるぞ」

「うぅ……」

「オレンジシロップを見つけたら一緒に回ってやるから」

しょげ返るアーニャをロイドがなだめるのを、まるで聞いていたかのように、

「お菓子、人形、地域名産のオレンジシロップを狙ってみないかー！」

威勢のいい声が聞こえてきた。

周囲を見まわすと、近くの射的屋の棚に、確かにオレンジシロップの瓶が並んでいた。

「おれんじしろっぷ！」「マジか!?」

思わず……というようにロイドも叫ぶ。

その際にロイドの手がわずかに緩んだ。アーニャはだっこから逃れると、射的屋の店先に駆け寄った。そして、タバコを吹かしている老店主に向かって、

「おやじ……いっぱつたのむ」

とひとさし指を立ててみせた。

❄

アーニャは店主に手わたされた銃に、コルクの弾を込めると、

「じごくにおちな　べいびー」

と、ダンディーなスナイパーを気取ったセリフと共に構えた。片目を眇《すが》め、銃弾を放つ。

だが、コルクの弾は手前の棚に弾《はじ》かれて宙を舞い、アーニャの帽子の上にポコッと落ちると、更に弾んで地面へと落ちた。

「くっ……なんてすばしっこいやつらなんだ……！」

「動いてないけどな」

アーニャが忌々《いまいま》しげにうめくと、ロイドが冷静にツッコんできた。むきになったアーニャが、再びコルクを詰め直す横で、若い男の客が銃を撃った。

コルクの弾は見事、怪獣のフィギュアに命中したが、景品は倒れず弾だけが地面に落ちた。

「ちきしょー。当たったのに！」

男が地団太を踏む。――すると、

(フン。無駄なことを)

嘲笑《あざわら》うような声が届いた。この屋台の店主の心の声だと察したアーニャが、そちらを向くと、店主は何食わぬ顔でタバコを吸いながら、

(何度やっても倒れやしないぜ。下の棚以外は、倒れないよう後ろから支えてあるんだ)

悪びれもせずそんなことを考えていた。

(あくとく　てっぽうやさん……！)

アーニャが衝撃を受けていると、

(なるほど。こういう店にはありがちな小ずるいやり口だ)

追ってロイドの心の声が届いた。どうやら、先程の一件で怪しんだようだ。ロイドはコートの内ポケットから財布を取り出すと、アーニャが見守る中、射的屋のカウンターに荷物を置いた。

「オレも頼む」

と、店主へ新たに一人分の紙幣をわたす。

銃を手にしたロイドが、上の棚のオレンジジシロップに狙いを定める。

(オレンジジシロップ狙いか……。ケッ。弾かれちまいな)

店主がニヤリと笑う。

だが、直後、ロイドの銃口はオレンジシロップから、わずかに右へとずれた。

「?」

訝《いぶか》しげな顔をした店主が身を乗り出すと同時に、ロイドが引き金を引く。勢いよく飛んだコルクの弾は、オレンジシロップの右隣の景品に当たって弾かれ、真横からオレンジシロップの瓶を倒した。コルク弾はそのまま左右に跳弾しながら、次々と景品を倒していった。

「おぉ～!」

周囲の客たちが思わず歓声を上げる。そんな中、客の一人が、

「なんだ、あれ?」

倒れた景品の後ろから現れた衝立《ついたて》に妙な顔になる。慌てた店主が、「大当たりいいい!」と飛び出してきた。

「いやー、ラッキーでしたね。お客さん。すごいすごい」

大げさな身振りと作り笑いでこの場を誤魔化そうとする店主に、ロイドが冷ややかに告げる。

「ラッキーではありません」

「え?」

「なんなら、もう一度やってみせましょうか」

銃を持つロイドは至って穏やかな表情だが、底知れぬ凄味がある。

一気に青ざめた店主に、

「商売は正直にするのが一番だと思いますよ」

笑顔で釘《くぎ》を刺す。射的屋の店主は力なく項垂れると、消え入りそうな声で、

「………は、はい」

と答えた。

＊

あこぎな真似《まね》をやめたとおぼしき射的屋から、

「やった！　倒れた」

「なんか急に倒れるようになったぞ」

「パパ、やった！」

喜びの声が次々と聞こえてくる。

「これで残る食材は一つだけか。アーニャ、次はトラムで……」

そう呼びかけると、傍らにいるはずのアーニャはいつの間にかいなくなっていた。ボンドの姿もない。辺りを捜していると、

「ちちー！　ちちー！　おーーい！」

とアーニャの声がした。見ると、ちゃっかりミニトレインに乗って、こちらに手を振っている。乗り場の柵に繋《つな》がれたボンドが、おもちゃのような列車に乗るアーニャに向かって、しきりに尻尾を振っている。

ロイドの口から思わずため息がもれた。

「……あいつは……」

＊

一方、ヨルは洗面台の鏡の前でロイドが選んでくれた口紅をつけていた。

新しい口紅はヨルの白い肌によく映《は》え、美しかった。とても綺麗《きれい》な色だと思う。

なのに、鏡の中の自分はどこかさみしげだった。

（ロイドさんの幸せを考えるなら……私は、潔く身を引くべきでしょうか。私とロイドさんは、偽りの夫婦なのですから……）

そんなことを悶々《もんもん》と考えながらシティマーケットの中を歩いて行くと、子供向けの小さな電車に乗ったアーニャが、ロイドに向かって手を振っているのが見えた。

「ちちー　ぐるぐるー！」

「あー、わかったわかった」

落ち着けというように、ロイドがいかにもおざなりに応じている。普段のヨルであれば、ほんわりとした気持ちになったであろうその光景に、どういうわけか心が重く沈んだ。

ヨルがロイドの元へ歩み寄ると、ロイドはすぐにヨルの口紅に気づき、

「その口紅、よくお似合いですよ」

「……あ、ありがとうございます」

たどたどしく礼の言葉を口にすると、ロイドは何かを感じ取ったような顔で、近くの屋台にさりげなくヨルを誘った。

「何か飲みませんか？　温かいコーヒーでも」

ワインやコーヒーなどのドリンクが売られている屋台の前で、ヨルは未《いま》だ悶々としていた。

（ロイドさんに、きちんと確かめなければ……でも……）

ヨルが心を決めかねていると、店先のカウンターに並べられたホットワインが目に入った。加熱で多少飛んでいるとはいえ、きついアルコールの香りが漂ってくる。

「何にしましょう？」

「ボクはコーヒーで。ヨルさんは？」

店主の問いに答えたロイドが、こちらを見る。ヨルはロイドの問いかけに答えることなく、コートのポケットから紙幣を取り出すと、勢いよくカウンターにそれを置いた。代わりにホットワインのカップを一つ、つかむ。

（アルコールの力を借りなければ、とても聞けません！）

己を鼓舞するため、ぐっと呷《あお》る。

「あの、ヨルさん……？」

躊躇《ためら》いがちなロイドの声は、しかし、ヨルの耳には届いていない。

「ふぃ――――！」

一気に飲み干すと、喉《のど》の奥がカーッと熱くなった。だが、気合を入れるにはまだ足りない。

更に紙幣を追加したヨルが、もう一杯、空にする。そして、新たに紙幣を追加したところで、

「ちょ……ヨルさん？　そんなに……」

さすがに、ロイドがやんわりと止めに入った。

だが、ヨルはロイドの制止を聞かず三杯目のホットワインを飲み干すと、その後も、次

から次へと飲み干し

「ぷはぁっ！」

と大きく息を吐き出した。酔いが一気にまわる。

「………ひっく」

真っ赤になった顔でカウンターに突っ伏すと、ロイドの手が気遣わしげに、ヨルの肩へ触れた。

「ヨルさん、大丈夫ですか？」

「ロイロさん！」

ヨルはがばっと身を起こすと、呂律《ろれつ》のまわらぬ舌で〝夫〟の名を呼んだ。

「あなら、好きな人がいますれ？」

唐突な問いかけに、ロイドが「ええっ!?」と仰天する。

「ろーらんれすか！　こらえられないのれすか？」

両目を吊《つ》り上げたヨルが、ロイドのマフラーをつかんで詰問する。

「ヨルさん、飲み過ぎでは……」

なだめるように言って、ロイドがヨルの手首に触れる。ヨルは反射的にロイドを投げ飛ばし、その上に馬乗りになった。

驚いたように自分を見上げてくるロイドを見つめ返し、

「ロイロさん。こらえれもらひます。わらしをどう……」

そう言いかけたところで、がくんと身体《からだ》から力が抜けた。

そのまま倒れこんだヨルは、意識を失うように眠りについた——。


ミニトレインから、偶然その光景を目撃したアーニャは、

「はっ　ちちとはは　イチャイチャ……!?」

身を乗り出さんばかりに食いつくも、ミニトレインが都合よく停車してくれるはずもなく、

「あ————っ!」

走り去る列車に運ばれ、無念の叫びをもらした……。


「…………」

ヨルが重たいまぶたを上げると、赤く暮れかけた空に浮かんだロイド、アーニャ、ボンドの顔が見えた。ほどなく、自分は仰向けに眠っていて、二人と一匹が心配そうな顔で自

分をのぞきこんでいるのだとわかる。

背中に感じる硬い感触は、シティマーケットのベンチだろうか？

「大丈夫ですか？」

「はは　よっぱらい」

ロイドとアーニャが順に声をかけてきた。ヨルは慌てて起き上がると、

「ごっ、ごめんなさい。私、なんてことを……」

咄嗟《とっさ》に謝ったものの、言葉が続かない。ロイドもなんと言っていいのかわからないといった顔で押し黙っている。

（やってしまいました。ロイドさん、きっと呆《あき》れていますね。これでは離婚されても仕方ありません）

そう思いこみ、ベンチの上でひたすらその身を小さくする。

＊

（りこん？）

黙りこくる両親を交互に見やっていたアーニャは、母の心の声の中に、妙に聞き覚えのある単語を見つけ、目を丸くした。そして、にわかに思い出す。

『離婚っていうのはね、お父さんとお母さんがシュラバになって、家族がバラバラになることよ』

お気に入りのドラマに出てきたというその単語について、ベッキーは懇切丁寧に解説してくれた。

シュラバというのが、イマイチよくわからないまでも、家族がバラバラになるということだけは理解できた。

(しゅばらで　ばらばら……！)

アーニャが内心、激しいショックを受けていると、

「二人で乗ればいいちゃいいちゃハッピー。観覧車はいかがですかー？」

天の恵みかと思うような呼びこみが聞こえてきた。

(いちゃいちゃ！)

ぐるりと周囲を見まわしたアーニャは、キラキラしたマーケットの中で一際きらびやかな観覧車へと目を向け、

「ちち!!　はは!!」

と叫んだ。このシュラバでバラバラのピンチをなんとかするには、もうこれしかない。

「つぎあれのる！」

アーニャの言葉に、ロイドは『やれやれまたか。コイツは』というような顔をしたが、ヨルはアーニャをじっと見つめ、小さく微笑んだ。

❄

夕暮れで赤く染まった観覧車は、遠目にはよくできたおもちゃのように見えたが、間近で見るとそれなりに大きかった。

「次の方、どうぞー」

案内係の男が、観覧車の扉を開けて一家を誘《いざな》う。

ロイドの背中にヨルが続く。だが、何故《なぜ》か言い出しっぺのアーニャはボンドと共に、その場に立ち止まっている。

「乗らないのか？」

ゴンドラの入り口でそれに気づいたロイドが声をかけると、アーニャは二人の背中を押すようにゴンドラの中へ押しこんだ。

「ちちとはは　いちゃいちゃする！」「いちゃいちゃって……」

アーニャの言葉にロイドが困惑していると、ゴンドラの扉がバタンと閉まった。

慌てたヨルが、ゴンドラの側面の小窓に顔を寄せ、

「ボンドさん、アーニャさんをお願いしますね」

そう頼む。ヨルに頼られたボンドはうれしそうに、

「ボフッ」

と応じた。

色鮮やかなゴンドラがゆっくりと地上から離れていく。


「――あいつ、自分が乗りたいって言ったのに……何がしたいんだ」

向かいの席に腰《こし》を下ろしたロイドが、腕《うで》組みしながらつぶやく。ヨルは、小窓越しに徐々に小さくなっていくアーニャとボンドを見つめながら、

(私が暗い顔していたから?)

アーニャの意図を察し、うつむいた。

(ダメですね。アーニャさんに気を遣わせてしまって)

あんなに小さな子供を不安にさせたことへの自己嫌悪に苛《さいな》まれながら、ロイドの向かいの席に悄然《しょうぜん》と腰を下ろす。

観覧車の回転と共に、ゴンドラから見える景色も徐々に変わっていく。夕暮れ時の街は喩《たと》えようもなく美しく、キラキラとかがやくシティマーケットはまるで宝石箱のようだっ

たが、ヨルはうつむいた姿勢のまま、暗い気持ちで押し黙っていた。

「ヨルさん。大丈夫ですか？」

ロイドが静かに尋ねてきた。ヨルは更にうつむくと、

「すみません……さきほどは、とんだ醜態を」

「そうではなくて」ロイドが微笑む。「ずっと様子がおかしかったから」

「あ……」

ヨルが思わず顔を上げる。視線の先でロイドがやさしく自分を見つめていた。

とっくに気づかれていたのだ。羞恥心が込み上げてくる。だが、ようやく覚悟を決めることができた。

「……見てしまったんです。ロイドさんが恋人といるのを」

たどたどしく告げる内に、両目がじんわりと潤んできた。涙を見せまいとヨルが両手で顔を覆うと、

「恋人!?」

ロイドがぎょっとした声を上げた。

「昨日、大きな帽子の方と」

ヨルが鼻をすすりながら続ける。ロイドは「あ……」とつぶやくと、察しがついたのか、すぐに明るい声で言った。

「誤解ですよ。道を聞かれただけで、恋人なんて」

「え？」

思いもよらない言葉にヨルが顔から手を離す。

ロイドはいつもの穏やかな眼差《まなざ》しで、こちらを見つめていた。

「美術館の場所を教えただけで、名前も知りません」

「そう……だったんですか」

つまり、すべては自分の勘違いだったのだ。カアッと頰《ほお》に血が上る。ヨルが恥ずかしさに両手で頰を覆っていると、窓の下に、手を振るアーニャとボンドが見えた。その光景に、胸の奥がじんわりとあたたかくなっていく。小さく手を振り返してから前を向くと、ロイドがにっこりと微笑んでいた。

「――私、てっきり離婚されるものだと」

「ははは、まさか」

「でも……私ってば本当至らないところばかりで。母親としても、その……ロイドさんの妻としても……」

口にしたことで改めて今回の一件が思い出され、自分の空回り具合が情けなくて、泣きたくなった。

すると、膝《ひざ》の上でスカートを握りしめていたヨルの左手に、ロイドの右手がそっと触れた。

「……！」

いつの間にか自分の前にひざまずいているロイドに、ヨルが狼狽《うろた》えていると、ロイドが
「約束したじゃないですか。ヨルさん」と真摯な目で告げた。

「ボクは――」「…………」

ロイドの切れ長の目が真《ま》っ直《す》ぐにヨルを見つめる。ヨルの脳裏に、ロイドから贈られたプロポーズの言葉が過《よぎ》った。

『病める時も悲しみの時も、どんな困難が訪れようとも、共に助け合おう』

「ボクは、あの約束を違《たが》えるつもりはありません」

ロイドの両手がヨルの左手をやさしく包みこむ。まるで、あのプロポーズの時のように。

「ロロロ……ロイドさん……！　そんなあの……」

頬が灼《や》けるように熱い。ヨルが返事に窮し、あわあわしていると、ロイドが更に身を乗り出してきた。

「ヨルさん。ボクじゃダメですか?」

「わた、わたし、は……」

鼻先に息がかかるほど近くにロイドの顔がある。

頭が沸騰直前のようにくらくらする。

「ヨルさん」

「はわわわわわわわ……っ! やあああああああ!!」

パニックに陥ったヨルは、反射的にロイドの頬をぶん殴ってしまった。

「!?」

まさかここで殴られるとは思っていなかったであろうロイドが、呆気《あっけ》にとられた顔のまま、真横に吹っ飛ぶ。そこに、図らずも一周まわり終え地上に着いたゴンドラの入り口が開き、ロイドの身体がゴンドラの外へと放り出された。そのまま、乗り場の階段下へ落下する。

間一髪《かんいっぱつ》——空中で体勢を整えたロイドが華麗に着地し、事なきを得るも、下でその様子を見ていたアーニャとボンドは、あまりの出来事に啞然《あぜん》としている。

「ロイドさん!」

真っ青になったヨルが、荷物を抱えゴンドラから飛び出す。階段を駆け下りると、頬を冗談のように腫らしたロイドが、平然と立っていた。

そんな父の姿に、我に返ったアーニャが、

「!?　がーん　ちちははしゅばら……！　ほーじゃーけ　おわった……」

とがっくり項垂れる。

ようやく二人と一匹の元に駆けつけたヨルが、

「ち、違います！　これはなんていうか――」

なんとか誤解を解こうとすると、ロイドの方でも、

「そうだ。ケンカしてたわけじゃない」

とフォローを入れてくれた。

わけのわからないアーニャが、父と母を見比べ、

「？　はげしめの　いちゃいちゃ？」

「違う！」

「違います！」

思わず声がそろった。顔を見合わせたロイドとヨルが、咳払《せきばら》いしながらお互いに赤くなった顔を背ける。

「…………」

そんな二人の様子に、アーニャがにっこりとうれしげに微笑む。

――時計台から聞こえる鐘の音が、夕暮れのシティマーケットにやさしく鳴り響いた。


「5時……もう、こんな時間か」

「すみません。私が酔って倒れていたせいで……」

ヨルが申し訳なさそうに身を縮める横で、

「ちち　おなかすいた」

アーニャが無邪気に訴えてきた。

ロイドはコートのポケットからメモを取り出し、少し考えた後で、

「ヨルさん。先にホテルに戻っていてください」

「えっ？」

「ボクは残りの食材を買ってから向かいますので」

そう言うと、案の定、アーニャが「アーニャもいく」と勇ましく片手を上げたものの、

「おまえもホテルだ」

ロイドがすかさず釘を刺すと、ガーンという表情を浮かべた。

（マクナリー産のさくらんぼリキュールは希少で市場にもほとんど出回らない。こうなっ

たら多少、非合法な手段で手に入れるしかない。そのためには二人がいてはやりづらい）

そんな思惑があってのことだが、同行を拒まれたアーニャはしゅんとしている。ヨルがアーニャの目線に合わせてしゃがみこむ。

「アーニャさん、ホテルで待っていましょう」「…………」

アーニャはしばらく無言で唇《くちびる》をとがらせていたが、やがてこくりと肯いた。

「……わかった」

フリジスの地方基地のゲートに、スナイデルを乗せた軍用車が停《と》まると、兵士たちが一斉に敬礼した。

ゲートの奥のドックには、出航準備中の巨大飛行戦艦が停まっている。

「スナイデル大佐。ご到着！」

兵士の一人が声を張り上げる。スナイデルは軍用車から降りると、兵士たちの間を悠然と歩いた。

「アルボ共和国との航路交渉は終了」

「タイプF調整完了」

「ノリダ級攻撃飛行戦艦イノミティー、出発準備完了」

兵士たちが次々に口を開く。

「すでに飛行計画は本部に提出しています」

運用部長がそう報告したところで、スナイデルは足を止めた。

「ご苦労。運用部長、褒美に長い休暇をくれてやろう」

「は？」

訝《いぶか》しげに眉《まゆ》を寄せた運用部長に、スナイデルが鉛玉を撃ちこむ。運用部長は血しぶきをあげながらその場に倒れた。それをスナイデルが冷ややかに見下ろす。

「こいつは我々の作戦を〈WISE《ワイズ》〉に漏洩《ろうえい》させていた。裏切りには死あるのみだ」

スナイデルはそう言うと、再びつかつかと歩きだした。

「急ぐぞ。ハエがたかってくる前にここを発《た》つ」

すると、部下のドミトリとルカが必死の形相で追いすがってきた。

「あ、あの……スミマセン、大佐」

「後にしろ」

振り向きもせずにスナイデルが告げる。

「いえ、実は……なんと言いますか……」

言い淀《よど》むドミトリの言葉を、ルカが引き取る。

「マイクロフィルムを食べられてしまいまして……」

さすがにこればかりは、聞き流すわけにいかなかった。

「はぁ!?」

立ち止まったスナイデルは啞然《あぜん》とした顔で、二人の部下を振り返った。

＊

同時刻、バーリント市街〈ＷＩＳＥ〉のアジトでは、シルヴィアが小部屋に諜報員《エージェント》を集めていた。

「フリジスのエージェントから定時連絡が途絶えた。やはりスナイデルはなんらかの行動を開始している」

「マイクロフィルムを受け取ったということでしょうか」

フィオナの問いに、

「その可能性は高い」

諜報員の一人が緊張をにじませた声で応じる。シルヴィアもまた厳しい表情で告げた。

「フィルムがアルボ共和国に渡れば、東西の全面戦争に発展しかねん」

室内に緊張した空気が満ちる。諜報員の誰もが、その危うさを肌身で感じていた。

そんな中、

「幸い、フリジスには〈黄昏《たそがれ》〉がいる」

シルヴィアが唯一の希望ともいうべき事実を口にすると、

「！　先輩が！」

徹底した無表情で知られるフィオナが、その名に反応した。

「おまえたちは現地で〈黄昏〉と合流し、マイクロフィルムを奪取しろ」

シルヴィアが数名の諜報員に向けてそう命じると、どういうわけか彼らが答えるより早く、

「お任せください」

とフィオナが敬礼の姿勢を取った。

「おまえじゃない」

「必ずやこの任務やり遂げてみせます」

平然と告げるシルヴィアをものともせず、フィオナが部屋を飛び出していく。

「おい！」

話を聞け、とその背中に怒鳴るが、暴走する部下は聞く耳を持たなかった……。


——尚《なお》、〈WISE〉の廊下をひた走るフィオナの頭の中は、

（先輩と任務——）

愛する〈黄昏〉のことでいっぱいであった。

❄

一方、フリジスの市街を駆け抜けるロイドの頭の中は、リキュールを手に入れることでいっぱいだった。

粉雪が降り積もる中、レストランやバーを尋ねてまわるも、みな首を横に振るばかりで埒《らち》が明かない。思案したロイドは、出入り業者に変装し食料冷蔵倉庫を調べたが、

「……ない」

続いて悪徳富豪の家に潜入、巨大なワインセラーを探すが……。

「ない！」

果ては、密造酒工場にも潜入したが――。

「ない……」

ここまでしても、お目当てのリキュールは見つからなかった。

市内にある湖の湖畔に佇《たたず》んだロイドは、手の中のリストに目を落とした。フリジス内の業者をピックアップしたリストは、全滅状態だ。

「めぼしい所はすべて回ったがどこにもない。どうする、時間がないぞ……」

周囲はすでに薄暗くなり始めている。

さすがに焦り始めたロイドの脳裏を、ある男のもじゃもじゃ頭が過《よぎ》った。

❄

バーリント市中の某タバコ屋で、店主のフランキーは女性客と談笑していた。

「フランキーさんって、ほんと親切ですよね。話しやすいし、一緒にいて楽しいです」

はにかんだようにそう言い、カウンター越しに微笑《ほほえ》みかける女性客に、フランキーが照れ笑いを浮かべる。

「いやあ、そんなこと……」

「今度、友達連れてきてもいいですか？　相談したいことがあって」

「もちろん！　それで、相談って——」

恋のチャンス到来とばかりに、前のめりになるフランキーの背後で、店の電話が鳴った。

反射的にそちらへ目をやったものの、再び満面の笑みで女性客に向き直る。

「——それで、相談って？」

「あの、電話……」

「大丈夫です」

「でも……」

「……嫌な予感がするんです」

フランキーが渋い顔で答える。だが、尚も鳴り続ける電話に、

「ああ！　もう！」

と叫んで受話器を取った。

「もしもし」

できる限り不愛想な声で出ると、

「オレだ」

「やっぱりおまえか」

声の主は案の定――〈黄昏〉だった。

「マクナリー産のさくらんぼリキュールは手に入るか？」

「おまえ、フリジスじゃなかったのか？」

「そうだ。フリジスではどうしても手に入らなくて、明日の朝までに必要なんだ」

女性客が手を振って帰って行くのを、未練がましく見送りつつ、

「朝までって急だな」

そううめくと、受話器の向こうの相手は、「手に入るか？」と尋ねてきた。お願いどこ

ろか謝罪の言葉一つない。まあ、いつものことだが――。

「やってみるが……」

「頼む」

フランキーがみなまで言わぬ内に、ロイドが短く告げる。

「待てよ、おい！　そっちに行くだけでも半日はかかるんだぞ!?」

慌てたフランキーが受話器に向けて叫ぶも、時すでに遅く、ツーツーツーという機械音だけが無情に返ってきた。

❄

フリジスの駅前広場にある公衆電話から電話をかけていたロイドは、馴染《なじ》みの情報屋との――いささか一方的ではあるが――会話を終えると、

（打てる手は打った。あとは……）

腕《うで》時計で現在の時間を確認し、時を惜しむようにその場を離れた。

❄

今夜泊まる予定のホテルに到着したアーニャは、客室に入るや否や、

「お―――‼」

と歓喜の声を上げた。

客室は十二分に広く、想像以上に豪華だった。

「ホテルー！」

と駆け出すアーニャの後ろにボンドが続く。

「ボフッボフッ」

仲良く調度品の合間を駆け回ると、アーニャが壁際に置かれたテレビを指さした。

「ホテルテレビ！」

「ボフッ」

ボンドがしかつめらしく、肯《うなず》く。

その後も、トイレで同じことをやると、全身でベッドにダイブした。

「ホテルベッド！」

「ボフッ、ボフッ！」

ベッドの上をぴょこぴょこと楽しそうに飛び跳ねるアーニャに微笑みながら、ヨルはアーニャと自分の着ていた上着をクローゼットにかけ、バッグと買い物袋をソファーの上へ置いた。バッグの中から、明日の着替えなどを取り出していると、アーニャが駆け寄ってきて、

「アーニャも」

と自分のリュックをテーブルの上に置いた。

子供用の小さいリュックの中から出てきたのは、クレヨン、スケッチブック、えんぴつ、トランプ、懐中電灯、アヒルのおもちゃ、消しゴム、おもちゃの銃、時計、たくさんのお菓子——思いの外、物が入っていたことにヨルが目を丸くする。

「いっぱい持ってきたんですね。この懐中電灯は？」

「たんけんごっこ」

おもちゃのアヒルをボンドにわたしながら、アーニャが答える。探検ゴッコ用ということだろう。

「こちらは？」

おもちゃの銃を指さすと、アーニャがはっとした表情になり、銃を構えた。銃口をボンドに向ける。

「でたな　わるもののめ　すぱいのひみつはわたさないぞ　ばん！」

「ボフー」

アーニャが発砲音を真似《まね》て言うと、ボンドがばたりと倒れた。口から落としたアヒルが床に転がる熱演ぶりだ。そんな一人と一匹が微笑ましくて、

「フフフ」

ヨルが思わず笑みをもらしていると、アーニャの銃口が突如、ヨルに向けられた。

「おまえがボスか!?」

「え!?」

いきなり参加させられ、アドリブの利かないヨルはあわあわとなりながらも、

「あ、えー、はい！　私がボスです！」

とぎこちなく答える。だが、咄嗟《とっさ》にボスらしいセリフが出てこない。

「お……お宝？　秘密？　は返却して頂きます！」

それでも、なんとかボス役を演じようと奮闘する。アーニャはヨルがのってくれたのがうれしくてたまらないという顔で、笑み崩れると、

「しょうぶだ　ていねいごおんなぼす！　おもてへでろ！」

「の、望むところでございます！」

「ボフボフッ」

突如、生き返ったワルモノも交え、二人と一匹は夜遅くまでスパイごっこに興じた。

❄

ソファーで眠ってしまったアーニャに、ヨルがやさしく毛布をかけてやっていると、客室のドアが開き、ロイドが入ってきた。

「戻りました」

「おかえりなさい」

「すみません、ちょっとまた出てきます」

ヨルの返事を聞くか聞かないかの内に、ロイドが告げる。

「え……」

驚いたヨルが短い言葉をもらす。背後のソファーでは、父の帰りを待ちくたびれたアーニャが小さな寝息を立てていた。

「今からですか?」

「隣街にリキュールを扱う店があるそうなんです。少し遠いので、ホテルに相談したら車を借りられました」

二人の会話で目を覚ましたのか、ソファーでアーニャが身を起こした。寝ぼけ眼《まなこ》をこすりながら、

「……？　ちち？」

と呼びかける。ボンドが尻尾《しっぽ》を振り振り、いそいそとアーニャの元へ向かった。アーニャはあくびを噛《か》み殺しながら、自分に甘えてくる犬をよしよしと撫《な》でた。

「ああ、起こしてしまったか」

「どっかいくのか？」

「食材探しだ。おまえは寝てろ」

「!?」

おそらく、ロイドの方ではなんの気なしに口にしたのだろう。――だが、アーニャは父の言葉に驚いた顔になると、ボンドを撫でる手を止め、むっつりと押し黙ってしまった。

「どうした？」

❄

一人がけのソファーの上に荷物を置いたロイドが、ようやくアーニャの異変に気づいた。

「……ちち　うそついた」

アーニャが精一杯の非難を込めてつぶやく。

「え？」

「すぐもどるって　いった」

「あ、ああ。それはすまん」

アーニャの言わんとすることを察したロイドが、形ばかりの謝罪を口にする。だが、その心は別のことを考えていた。

（早急にアーニャに〝星《ステラ》〟を獲《と》らせないと、オペレーション〈梟《ストリクス》〉の継続は難しい。そうなれば、この仮初の家族も終わりになる）

ロイドの心を読んだアーニャが、びくっとその身を強張《こわば》らせる。

（かぞく……おわる？　なんで？）

（今はとにかくリキュールを……）

アーニャの中でロイドへの不満が急速に消えていく。そんなことよりも、今はなんとしてでもこの家族を守らなければいけない。そう決意したアーニャが、

「ちち！」

と力強く呼びかけた。

「アーニャもいく」

そう言ってソファーを飛び降りる。だが、ロイドはすげなく頭《かぶり》を振った。

「ダメだ。朝までには戻るから、先に寝てろ。いいな」

「…………」

アーニャが言い返そうとして言葉に詰まる。やがて、

「アーニャ　あしでまとい……」

ぽつりとつぶやいた。勢いこんでいた分、心がしゅんとしぼんでしまったような気がした。

ハラハラとこちらを見守っているヨルの視線を感じながら、

「……わかった」

と肯く。そのまま、すごすごと奥のベッドルームに向かう。すかさず追ってきたボンドが入るのを待って、アーニャは部屋の扉をパタンと閉じた。

❄

アーニャが部屋に入ったのを見届けると、

「すみませんが、アーニャのこと、お願いします」

ロイドはそう言って入り口に向かった。その顔は普段通りだ。娘とのいさかいなどなか

ったかのような彼に、

「あっ……」

ヨルは一瞬、声をかけそびれたものの、意を決して「あの——」と語り掛けた。

「借りた車は何人乗りですか？」

ロイドが入り口のドアの前で立ち止まる。肩越《かたご》しにこちらを振り返り、

「え？　五人乗りですが」

「では、みんなで行きませんか？」

思い切ってそう提案するヨルに、ロイドが改めてこちらに身体《からだ》を向けた。

「ヨルさん？」

「その、せっかくの……家族旅行ですから」

そう言って微笑む。ロイドが少しだけ驚いたような顔でヨルを見つめていた。

❄

薄暗い寝室で、アーニャはボンドをぎゅっと抱きしめていた。

やわらかな毛並みが、ボンドのぬくもりが、全身で自分を心配してくれている。悲しみにひりついていた心が、ほんの少しやわらいだ。

「ボーフー」

ボンドが両耳をピンとそばたてる。

アーニャの脳裏に、ボンドが見ているヴィジョンが流れこんできた。

広場に建てられた特徴的なオブジェ——そこから程近い雑貨屋の店先——その店のレジの後ろにある棚に置かれたリキュールの小瓶。

(これ……ちちがさがしてるやつ……?)

そこでヴィジョンがブチッと途絶えた。

「ちちにおしえなきゃ!」

その場に立ち上がり、となりの部屋に戻ろうとしたところで、アーニャの足が止まる。

『なぜ、そこにあることがわかったんだ。え? おまえはこころがよめてボンドはみらいがみえる? はあ?』

想像上のちちとははが、ぎょっとしたような目で自分を見ていた。

「……ダメだ いえない……」

アーニャがきゅっと握りしめた両手を、小さな胸に抱えこむ。そして、ふと窓に目を向けた。

「…………」

薄暗い窓の外には、粉雪が舞っていた。

❄

せっかくの家族旅行だから、と思いもよらぬことを口にしたヨルに、ロイドが困惑していると、

「弟がまだ小さかった頃、誕生日とかお出かけとかの特別な日には、決まって大はしゃぎだったんですよ、あの子」

とヨルが告げた。

「私と一日中一緒にいられるのがうれしいみたいで」

そう言うと、当時の弟を思い出したのか、

「フフフ……」

と愛《いと》おしそうに微笑む。

そんなヨルの笑顔をロイドは無言で見つめた。すると、

「──アーニャさんもですよ」

ヨルがささやくように言った。

「え？」

「旅行中、ずーっとはしゃいでて」

「…………」

ヨルの言葉に、この旅行中のアーニャの様子を思い起こす。どのアーニャもはじけるような笑顔だった。

ロイドは机の上に転がったおもちゃの銃に手を伸ばした。


『アーニャ　こじいんでてから　わくわくいっぱい　ちちのおかげ』


あれは──そう、一緒に暮らし始めた頃に言われた言葉だ。

「今回の旅行、楽しみにしてたんです。みんなで食べるお菓子も、一緒に遊ぶ道具も、いっぱいに詰めこんで……」

ヨルの言葉を聞きながら、ロイドはおもちゃの銃を机へ戻した。小さなリュックぎゅうぎゅうにそれらを詰めこんでは、自分《ロイド》に見つかって取り上げられ、必要最小限にしろと叱られても、めげずに忍ばせてきたのだろう。そんな姿が目に浮かんだ。

「ユーリに寂しい思いをさせてきたから、わかる気がするんです。アーニャさんの気持ち。きっとロイドさんと一緒に楽しみたいんですよ。家族と離れて一人になるのは……寂しいです」

ヨルがどこか切なそうに笑う。彼女がこんなことを言うとは、正直思っていなかった。偽りとはいえ家族を演じながらも、ロイドとアーニャが実の親子だと思っているヨルは、常にどこか控えめだった。

ロイドが黙っていると、ヨルがロイドの近くまで歩み寄ってきた。

「ロイドさん。隣街に行くならみんなで行きませんか？　今日くらいはアーニャさんの夜更かしも大目に見てあげましょう」

ヨルがおっとりと提案する。ロイドは咄嗟に、アーニャを連れて行く弊害を計算したが、すぐにそれを止《や》め、やわらかな笑顔を浮かべた。

「……そうですね」

ロイドがそう答えた瞬間、室内にノック音が響いた。

「ルームサービスです」

「？　頼んでいないが……」

ヨルを見ると、彼女も首を横に振ってみせた。

入り口の扉へ向かったロイドが、扉についた穴から外をのぞくと、ホテルメイドに変装したフィオナが立っていた。急いでやって来たのか、ものすごく息が荒い。

（〈夜帷《とばり》〉!?）

何故《なぜ》、ここに……と思いながらも、ヨルを振り返り、

「大きなサイズのバスローブを頼んだのを忘れていました」

と言い繕う。納得した様子のヨルに微笑みかけてから、客室の外に出ると、フィオナの呼吸はだいぶ収まっていた。ロイドの顔から笑みが消える。

「何故、君がここに？」

「ルームサービスです」

『任務です』

フィオナが口の形と発音を分けて伝えてくる。ロイドは素早く周囲を見まわすと、

「普通に話していい。ここには二人きりだ」

そう告げた。

フィオナは相変わらず、何を考えているかわからない無表情でロイドを見返してきた——

——と思っているのはロイドの方だけで——。

「こっちも任務中なんだ。手早く頼む」

フィオナは完璧なまでの無表情の下で、

（二人きり！　こんなところで先輩と二人きりだなんて、ああっ!!　好き!!）

内心、込み上げる興奮に激しく悶えていた……。

❄

客室に残されたヨルは、ロイドが戻ってくるのを待っていたが、ふとベッドルームから聞こえてくる風の音に気づいた。

アーニャが窓でも開けたのだろうか？

でも、この寒さで……？

「？　アーニャさん？」

ヨルが躊躇《ためら》いがちに扉を開けると、しんと冷え切った室内にアーニャとボンドの姿はなく、開け放たれた窓から粉雪が舞いこんでいた。

「え!?　え!?」

❄

「――という次第で、盗まれたマイクロフィルムを追跡中です。アルボ共和国にわたれば、東西戦争の引き金に」

「…………」

「動いているのは軍情報部の特別偵察連隊です。おそらく指揮官はスナイデル大佐かと」

フィオナの的確な状況説明に、ロイドが険しい表情になる。

「……あの男か」

昼間、瓦礫《がれき》と絆亭《きずなてい》で見た軍人の顔が頭に浮かんだ——その時。

「ロイドさん！　アーニャさんが！」

客室の扉が開く音と共に、青ざめた顔のヨルが飛び出してきた。

❄

「窓から外へ出たみたいで」

連れ立って客室に戻りながら、ヨルが告げる。

「なんですって？」

眉をひそめたロイドが先んじてベッドルームに入ると、確かに窓が開いていた。窓から周囲を見まわしてみたが、それらしき人影はなかった。

ヨルが躊躇いがちに、スケッチブックを破ったであろう紙切れを手わたしてきた。不格好に折りたたまれている。

「これが残されていて」「…………」

ロイドが紙をひらくと、そこにはアーニャの直筆が綴《つづ》られていた。

ただ――。


「……読めん」

解読不能の汚い文字を前に、さしものロイドも頭を抱えた……。

＊

その頃、アーニャはボンドを引き連れ、街中を走りまわっていた。懸命にヴィジョンで見た景色を思い出す。

「……ハァハァ　あった！」

「ボフ！」

ようやく見つけた広場のオブジェに、一人と一匹は肩で息を吐《つ》いた。

あとは、この側《そば》にある雑貨店を探すだけだ。

一方、ロイドとヨルの二人もアーニャを捜して、街をあてどなく走りまわっていた。


「アーニャ！」

「アーニャさん！」

「アーニャ！　返事しろ」


フリジスの駅前で、娘の名を何度も叫ぶ。

……が、アーニャの姿はどこにも見当たらなかった。


時を同じくして、軍人の一人が、フリジス駅前の公衆電話から報告を入れていた。

「ターゲットの少女はまだ見つかりません。ええ、そうです。幹線道路は七、八班が当たっています。引き続き、捜索に当たります」

近隣のホテルでは、別の軍人が少女の似顔絵を受付で見せ、頭を振られていた。ため息を吐きながらホテルを出ると、同じく少女の探索に当たっていた同胞が駆け寄ってきた。

「いたか?」

「いや……ていうか……」

似顔絵は、少女と直《じか》に接触したルカが描いたものだ。

シュールと言えば聞こえはいいが、妙に画風が古めかしい。

見せた同胞も渋い顔になっている。

「信じていいのか、これ?」

そんなことをこそこそ話していると、背後で「まいどあり」という声が聞こえてきた。

見ると、大きな犬を連れた少女が、小瓶を大事そうに抱えて店から出てきた。

歳《とし》の頃は聞いている情報と一致する。だが、似顔絵の女の子とはまるで似ていなかった。

「違う……よな」

「だよな」

二人の軍人はそう言い合うと、再び聞きこみに戻った。

「ふっふー」

無事、さくらんぼリキュールを手に入れたアーニャは、ほくほく顔で、キレイなピンク色の液体が入った小瓶をポーチにしまった。

「これで　すてらもとれて　ほーじゃーけだいじょぶ」

アーニャは誇らしさに胸をそらせた。そして、うれしさのあまり駆け出した。ボンドも尻尾を振ってついてくる。

早く――早くホテルに戻ってロイドとヨルを喜ばせたいと思いながら、広場から外へ続く小道を駆け抜ける。

外の通りに出た途端、まぶしい灯《あか》りとクラクションが一人と一匹を襲った。

急停車した乗用車から降りてきたのは――。

「ボフ！　ボフ！」

「…………あー!!　れっしゃのちょこどろぼう！」

激しく吠《ほ》えるボンドの横で、一瞬遅れてその正体に気づいたアーニャが大声で叫ぶ。

ドミトリがダウジング用の棒を握りしめた格好で、不気味に笑う。

「へへへへ」

「うわー!」

「ボーフ!」

アーニャとボンドは悪者たちに背を向け、一目散に逃げだした。

だが、それよりも早く伸びたルカの腕が、アーニャの首根っこをつかまえた。宙づりにされたアーニャは懸命にもがいたが、ビクともしない。

「ボバーフ!!」

「いて!!」

アーニャを助けようとボンドがルカの腕に噛《か》みつく。ルカは痛みに顔をしかめはしたが、

「離せ、クソ犬!」

とボンドを乱暴に振り払い、暴れるアーニャを車の後部座席へ押しこんだ。

「出せ!」

運転席に乗りこんだドミトリに叫ぶ。ルカに抱えこまれたアーニャは、それでもなんとか顔を上げ、バックミラーを見やった。ミラー越しに、こちらに駆けてくるボンドの姿が見えた。

「ボフボフ!」

「東2号道路を通るんでいいか? 西は悪い占いが出てる」

「どっちでもいいから急げよ！」

ドミトリの呑気《のんき》な言葉にルカがブチキレる。慌てたドミトリが車を急発進させた際、タイヤが近くに転がっていた空き缶を刎《は》ね飛ばした。

放物線を描くように宙を舞ったそれが、こともあろうにボンドの脳天に命中する。

「ボフーン!!」

悲痛な鳴き声と共に伸びてしまったボンドを残し、アーニャを攫《さら》った車は、雪の降りしきる街に消えていった――。

＊

スナイデルは飛行戦艦の中央に位置する艦橋《ブリッジ》に足を踏み入れると、敬礼する部下たちを見やり、

「マイクロフィルムが戻り次第、出発する」

そう命じた。

飛行戦艦はすでに滑走路に出され、出発の準備は着々と整っている。

部下の一人が、

「タイプFはどうしますか?」

と尋ねてくる。スナイデルはわずかに考えた後で、「積んでおけ」と冷ややかに命じた。

「どうせすぐ戦争になる」

6

「アーニャさん、返事してください。アーニャさん」

「ったく、勝手にどこへ……ん？」

懸命に呼びかけるヨルのとなりで、周囲を見まわしていたロイドはふと足を止めた。道端に倒れているボンドを発見し、慌てて駆け寄る。

「おい、大丈夫か？　ボンド！　アーニャはどうした!?　一緒じゃないのか!?」

抱え起こすと、脳震盪《のうしんとう》を起こしているらしきボンドは、

「ボフ〜」

と弱々しいうめき声をもらしたが、すぐに「ボフッ！」と目を開けた。

「ボフボフ、ボフーン!!」

ロイドの腕《うで》から離れ、拙いジェスチャーで何かを必死に伝えようとしている。

「なん……でしょう？」

「ボンド、ちょっと待て」

当惑するヨルと同様、さすがのロイドにも犬の言葉はわからない。だが、ボンドの口の

中に布片のようなものが見えた。すかさず指を入れて取り出すと、腕章を噛み千切ったものだった。しかも、特別偵察連隊のものだ。

「それは?」

「…………」

不安げに尋ねてくるヨルには答えず、ロイドは現状から考え得る事態を想定した。ボンドが意味もなく誰かに噛みつくとは思えない。おそらく、アーニャを守るため、噛みついたのだ。

(まさかアーニャのやつ、軍の一件に巻きこまれて……?)

険しい顔でロイドが黙りこくっていると、一台の車が近づいてきた。運転席の窓ガラスが下がり、ホテルメイドに扮《ふん》したフィオナが顔を出す。

「お客様。落とし物です」

ロイドが近づくと、偽装のためのハンカチを手わたしながら、ロイドにだけ聞こえる声でささやいた。

「今はマイクロフィルムが最優先です。オペレーション〈梟《ストリクス》〉は後まわしにしてください」

そう釘《くぎ》を刺すフィオナに、ロイドは少し考えた後、

「ホテルの方」

と普通の大きさの声で呼びかけた。フィオナが「え?」と訝《いぶか》しげな顔を向ける。ロイド

は丁寧かつ事務的な口調で彼女に告げた。

「お願いしたいことがあるのですが――」


「あー!!」

❄

無理やり連れてこられた基地で、偉そうな軍人の前に引き出されたアーニャは、文字通り目を丸くした。

「アーニャのおかし　とったやつ!」

「メレメレ以前に我々のチョコを食べていたとはな」

アーニャに指さされた軍人――スナイデルが傲岸な口調で告げる。

「おまえ　どろぼうのぼすだったのか!」

「こら、大佐に向かって」

「敬語で話せ敬語で!」

アーニャの遠慮のない言葉にルカとドミトリが青ざめる。あたふたする二人を手で制し、スナイデルが尋ねてきた。

「あれからトイレには行ったか？」

「ん？」

「大はしたかと聞いている」

腰《こし》を折り、アーニャの目の高さで語りかけてくる。スナイデルの意図がわからないアーニャは「うんこ……？」と顔をしかめた。

だが、すぐに目の前の軍人の心が流れこんできた。

（チッ、わざわざチョコに隠したマイクロフィルムを、食べちまうとはな。面倒だが、殺すのはクソが出るのを待ってからだ）

その恐ろしい内容に、ようやく自分がおかれた状況を把握したアーニャは、

（ちょこのなかに　おたからはいってた!?　アーニャ　うんこだすと　ころされちゃう……!?）

思わず両手でお尻《しり》を庇《かば》った。必死に頭を巡らせ、

「……あ〜〜　アーニャとってもかわいいから　いままでいちども　からだから　うんこでたことないな」

そう答えるが、わずかに頬《ほお》を緩めることすらなく、ひたすら冷ややかに自分を見つめるスナイデルの眼光に負け、

「……うそです　ごめんなさい」

とベソをかく。

スナイデルはそんなアーニャを一瞥《いちべつ》すると、「連れて行け」と二人の部下に命じた。

「ブツが出たら、すぐに報告しろよ」

「了解しました！」

声をそろえ、ルカとドミトリが敬礼する。

アーニャが両手で尻を押さえたまま恐怖に打ち震えていると、ドミトリが、「おっ、ウンコか？」と尋ねてきた。

「ち……ちがう　さむいだけ！」

アーニャがすかさず答える。

絶対にウンコを出してはならない。だが、そう思えば思うほど、逆にトイレに行きたくなってしまう。アーニャはぐぬぬと尻に力を込め、便意を堪《こら》えた。

マイクロチップが悪者の手にわたったが最後、自分はどうなるのか……考えただけで恐ろしかった。

フリジスの駅前広場に飾られた古い戦闘機に乗りこんだロイドは、ヘッドフォンをつけると、慣れた手つきで交信機を操作した。

「この軍用航空無線機がまだ使えれば……」

すると、無線機はまだ生きていたらしく、ヘッドフォンの奥から交信音が聞こえてきた。

『イノミティーより基地管制へ――』

「やはり、管制用チャンネルは変わっていない」

ロイドが耳をすます。

『作戦命令に基づき、スナイデル大佐指揮によるアルボ共和国への極秘飛行を開始する。以降の通信はGCチャンネルを使用、航空暗号0714……』

その時、通信兵の声の後ろから、

『さーむーいー　こごえてしーまう～　あぁーさむいのよー　とてもーさむいからー　こごえてーしまうのよ～♪』

という調子っぱずれな歌声が聞こえてきた。

その聞き覚えのある声に、思わず眉《まゆ》をひそめる。

「この声……アーニャ？」

その頃、飛行戦艦の管制室内では、ルカとドミトリに連行されたアーニャが、

「こごえてしーまう〜♪」

と両手の動きをつけて歌っていた。

「わかったから、早く来い」

呆《あき》れ顔のルカが急《せ》き立てる。ドミトリもげんなりした様子で、

「おまえがマイクロフィルムを食べるから、こんなことになったんだぞ」

と恨み言を告げた。

❄

(マイクロフィルムを食べた？　何がどうなったらそうなるんだ)

無線機からもれ聞こえる信じがたい会話に、ロイドが冷や汗を垂らす。だが、すぐに気を取り直すと、ヘッドフォンを外し戦闘機から飛び降りた。外で待っていたヨルが不安げな顔を向ける。

「アーニャは軍に保護されたみたいです」

「えっ？」

「今、軍の無線を聴きました。五歳くらいの女の子を保護してるって」

「軍が？　どうして……」

ヨルがわけがわからないというように尋ねてくる。だが、今は一分でも時間が惜しい。

ロイドはヨルへの説明もそこそこに、電源ケーブルを機体から抜き取ると、

「離れててください。すぐに戻りますから」

そう言い残し、再び操縦席に乗りこんだ。

❄

ヨルは言われた通り戦闘機から離れはしたものの、やや疑問が残っていた。軍が何故《なぜ》、アーニャを保護するのか？

（そういえばアーニャさんを襲った二人組、まさか軍の方だったのでしょうか。でも、それをロイドさんに話したら、私が二人組を叩《たた》きのめしたことがバレてしまいますし……）

あれこれ悩んでいる内に、戦闘機がゆっくり動き出す。どうすれば、と思った瞬間、ヨルの脳裏に自分が先刻、ロイドにかけた言葉がよみがえった。

『では、みんなで行きませんか？　その、せっかくの……家族旅行ですから』

「家族は一緒に……」

無意識にそうつぶやくと、自らの言葉に背中を押されるように、ヨルは戦闘機を追って駆けだした。離陸しようとする機体に飛び乗り、機体の底の部分にある扉をこじ開け強引に乗りこむ。

幸いなことに、ヨルが潜りこんだ場所――後部座席だろうか――は操縦席とは完全に仕切られており、ロイドはヨルが乗りこんできたことに気づいていない。

二人を乗せた戦闘機は、フリジスの空高く飛び立った。

＊

東国内にある〈WISE《ワイズ》〉の本部では、職員たちが慌ただしく動いていた。

「国境付近の部隊の動きは？」

「アルボ共和国の工作員と連絡をとれ」

「電波傍受で通信量が増えていないか確認しろ」

シルヴィアはそんな部下たちを見つめながら、

「マイクロフィルムの趨勢《すうせい》に世界の命運がかかっている……！」

とつぶやいた。その胸に、かの地にいる部下の顔が過る。彼ならばきっと、この窮地を打開してくれる。シルヴィアはそう信じていた。

（頼んだぞ……〈黄昏《たそがれ》〉）

❄

一方、アーニャもまた、飛行戦艦内で世界の命運をかけ戦っていた。

「ふぅ……ふぅ……」

迫りくる腹痛の波をどうにかこうにかやりすごしても、また次がやってくる。

「ふぎぎぎぎ……！」

両手でお腹をかかえこむアーニャに気づいたルカが、

「ウンコか？」

と期待の目を向けてくる。

「ちがう……その……がっこうでならった　ダンス」

慌てたアーニャが適当に動いて誤魔化す。しかし、笑顔の下は、

（うごいてないと……もる！）

まさに極限状態だった。

❄

フリジスの基地から離れた場所にある航空管制塔――。

二名の管制官が作業していると、すらりとした女性の管制官が入ってきた。

「遅いぞ」

「交替の時間とっくに過ぎてるんだが」

イライラと告げる二人に、女は平然と答える。

「すみません。ここからは私一人でやりますから」

「え？」

何を言っているんだとばかりに眉をひそめた一名の顎《あご》に、素早く掌底《しょうてい》を喰《く》らわせ昏倒《こんとう》させた女は、

「誰だおま――」

もう一方が構えた銃をすかさず蹴り飛ばした。そのまま近接格闘に持ちこみ、相手の攻撃を一度として受けることなくノックアウトすると、管制用の机に向かった。

「先輩、聞こえますか?」

無線マイクに向け、女――フィオナが呼びかける。

「こちらの情報によると、スナイデル大佐を乗せた飛行戦艦は北北東の方向、約三キロメートルです」

机上のレーダーを目で追いながら、機上のロイドに指示を出すと、

『この短時間でよく捕捉できたな。さすが頼りになるな』

「!!」

無線越しに最愛の先輩に褒められたフィオナは、その場に棒立ちになった。耳元で『頼りになるな』という〈黄昏〉の声が、リフレインする。

(先輩。あなたが望むなら、私はいつでも人生のパートナーになる準備はできています)

うれしさのあまり、しばらくの間、ピョンピョン跳ね回っていたが、はたと真剣な顔に戻りマイクを引き寄せる。

「黄昏先輩。やはり今からでもオペレーション〈梟〉の妻役は、私に変更した方がよろしいかと」

だが、返ってきたのは無情なノイズ音だった。通信ランプはすでに消えている。

「先輩？…………通信……切れてた……」

フィオナは悄然《しょうぜん》と肩《かた》を落とした……。

❄

アーニャは依然、迫りくる便意と闘っていた。

「いぇーい　いぇーい　いぇーい　がっこうでやるやつー　いぇーい　いぇーい　いぇーい♪」

でたらめの歌に合わせて、これまたでたらめのダンスを踊りながら、「うわおあっ！」とお尻を両手で押さえる。そして、再び、

「がっこうで　なんかやるやつー♪」

と踊りかけ、

「うわっきた!!」

と側《そば》にあったパイプベッドに飛び乗った。

（もう　げんかい……）

脂汗に加え、涙すら流れてきた。――と、目の前がパァッとまばゆい光で満ちた。

アーニャはいつの間にか、色とりどりの花が咲き乱れる美しい草原に佇《たたず》んでいた。だが、よくよく見れば、妙にウンコに似た形をした雲がそこらじゅうに浮かんでいる。

そこへ、天から声が聞こえてきた。見れば神々しい老人が光に包まれている。老人はウンコを模した冠のようなものを被《かぶ》り、左手には上部がウンコの形をした杖《つえ》を握っていた。

『我はウンコの神』

と、老人が厳かに名乗る。

『う……うんこのかみ』

衝撃を受けたアーニャがその名を繰り返していると、ウンコの神は『戦士アーニャよ』と呼びかけながら、勢いよく落下してきた。何故かお尻から地面に着地すると、再び、ふわりと宙に浮く。

『おまえは充分に戦った。苦難に耐え、世界平和を守ろうと最後まで頑張った。だがもういい。もういいのだ』

神はそう言うと、アーニャの肩に右手を置いた。手のひらから、ウンコの神の労《いたわ》りが、慈愛が伝わってくる。アーニャは『う　うぅ……』と込み上げる嗚咽《おえつ》を堪えた。

『ケツの力を抜き、休むがよい戦士アーニャよ』

『う、うんこのかみ……！』

感極まったアーニャが滂沱《ぼうだ》の涙を流す。

神は『うん（こ）』と肯《うなず》くと、

『さあゆこう、安らぎに満ちたトイレの園へ』

そう告げ、宙へと舞い上がった。アーニャも一緒に空へと舞い上がる。最初は、上手《うま》く飛べずあわわ……となっていたアーニャだったが、すぐにその状況に慣れ、ウンコの神と共に空を駆けた。

やがて海の上にくると、トイレットペーパーがトビウオのように海上を飛んでいた。

アーニャが目を輝かせてそれを眺めていると、愉快そうに笑った神が、

『ふふふふ、ふんっ！』

といきなりいきんでみせる。そして、おならの勢いで海の上をすべるように飛んで行った。

『ふんっ！』

アーニャもそれを真似《まね》したが、上手くいかず、海の中に飛びこんでしまう。そんなアーニャを、トイレットペーパーが救ってくれた。大量のトイレットペーパーに持ち上げられ、海面に顔を出すと、そこはウンコの神の像が立ち並ぶ神殿のような場所だった。神々の像の先に、トイレが祀《まつ》られている。

『といれの……その！』

『ふん、ぬっ！』

ウンコの神が掛け声と共に、杖を天高くつき上げると、アーニャを乗せていたトイレットペーパーが巨大なアヒル（のおまる）へと変わる。

『ふん！』

ウンコの神が再び掛け声をかけて、杖を振るうと、アヒルが勢いよく水の上を走り出した。祭壇の上のトイレに向かっているのだとわかる。

『ウンコー!!』

神の更なる掛け声と共にトイレの蓋が開く。アヒルが更に加速する。やがて、アヒルは光の玉となって弾《はじ》け飛び、アーニャは光輝くトイレへと、笑いながら落ちて行った……。


「うんこのかみ……ってなに……」

ベットの上でアーニャがボソリとつぶやく。

そこは飛行戦艦の一室だった。美しい草原もなければ、慈しみに満ちたウンコの神もトイレの園もない。――挙句、

「トイレか！　よしきた！」

満面の笑みを浮かべたドミトリが、どこにあったのか、赤ん坊が使うようなおまるを持

ち出してきた。おまるのアヒルと目が合った瞬間、我に返ったアーニャが、

「やっぱり　いいい!!」

悲鳴のような声で撥《は》ね除《の》ける。

「おーい!!」

ルカが頭を抱えた。

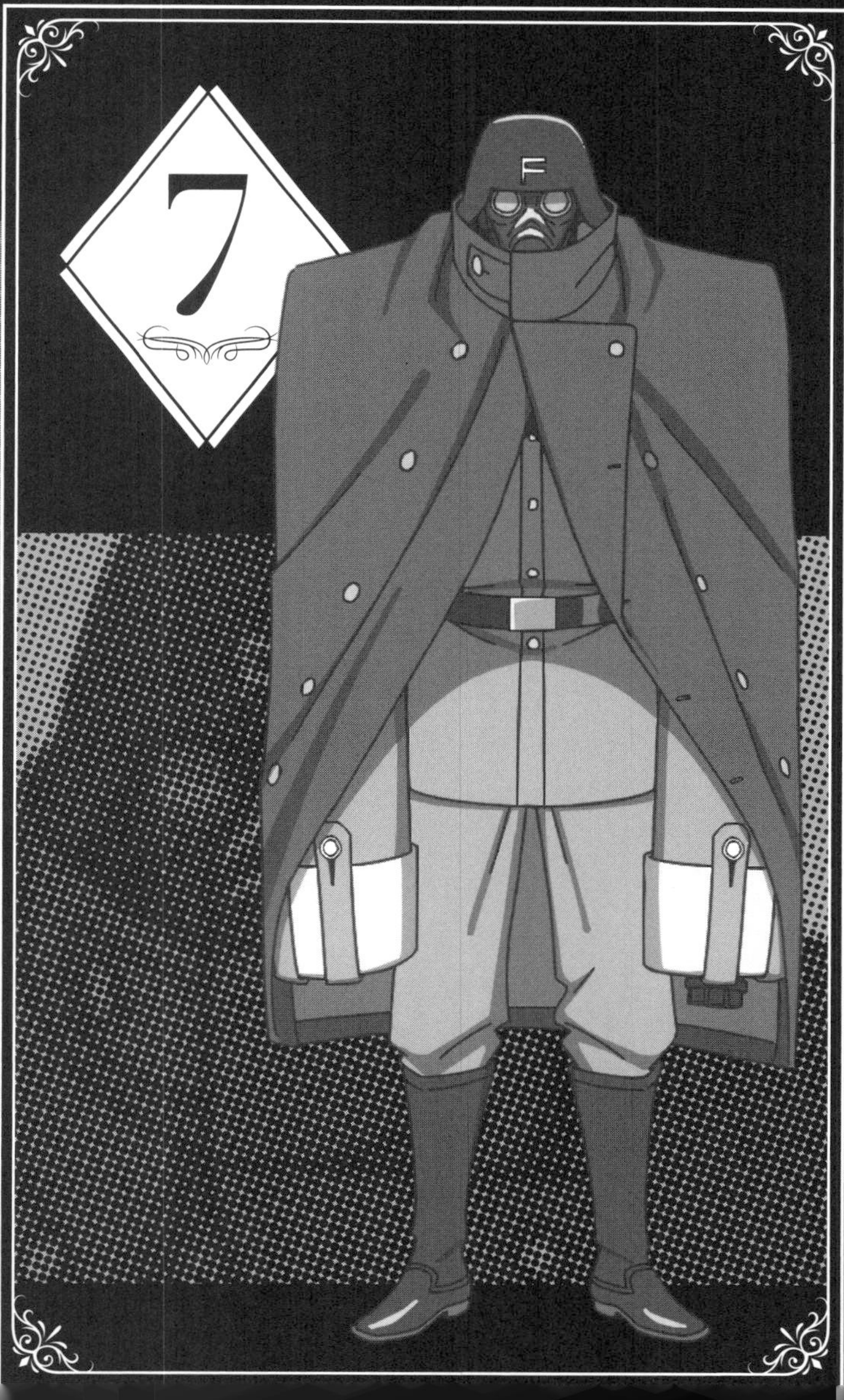
7
F

「まだ出さないだと」

スナイデルの元へ報告に向かったルカは、上官に睨《にら》まれ、

「申し訳ありません」

とひたすら平身低頭した。

「だったら腹をかっさばけ」

続く上官の言葉に、ルカがぎょっと顔を上げる。

「えっ!?」

「やれるな」

「でも、それは……」

「やるな?」

有無を言わせぬスナイデルの口調に、すくみ上がったルカは「はっ、はい!」と引き攣《つ》った顔で敬礼した。

「イエロースリ〜♪　イエロースリ〜♪」

＊

パイプベッドの上に寝かされたアーニャは、頭、右足、左足——の先に、それぞれトウモロコシ、バナナ、パイナップルを置かれ、その間に丸く円を描くようにコーヒー豆がちりばめられていた。更には、コーヒーポットを両手に持ったドミトリがベッドの脇で踊っているという、ある意味極限状態にあった。

それでなくとも便意を我慢している状態で、ドミトリの調子っぱずれな呪文が耳にこびりついて離れない。

「イエロースリ〜♪」

「う　うう〜……」

アーニャが唸《うな》り声を上げていると、扉が開き、ルカが戻ってきた。ルカはこのわけのわからない状況を見るなり、

「何やってんだ？」

と呆《あき》れた。

「俺のコーヒー占いによれば、黄色と三がラッキーなんだ」

「おまえ、それもう占いじゃないだろ」

ルカが疲れたように言う。へへへ、と笑ったドミトリが、「大佐はなんて？」と尋ねながら、コーヒーポットを脇へ置いて相棒に歩み寄る。

そのまま、何事かこそこそ話していたかと思うと、いきなりドミトリが叫んだ。

「マジか！」

「頼む」

ルカが頭を下げる。ドミトリが嫌悪感をあらわに顔を背けた。

「やだよ。おまえが命令されたんだろ。おまえがやれ」

「……そんな怖いことできない」

ルカがおぞましげに頭《かぶり》を振る。なんの話をしているのだろう、と思っていると、ルカの心の声が聞こえてきた。

（できないよ。子供の腹をかっさばくなんて）

（!?）

仰天したアーニャが跳ね起きる。どうやら、どちらが腹をかっさばくかジャンケンで決めることにしたらしく、鬼気迫る勝負の末、

「があっ……！」「よしっ!!」

負けたルカは頭を抱えてうめき、勝ったドミトリがガッツポーズを決めた。

（こ、ころされる）

恐れ慄《おのの》くアーニャがベッドの上で後退《あとずさ》ると、覚悟を決めた両者が血走った眼差《まなざ》しを向けた。

（俺が押さえて）

（俺がかっさばく）

否応《いやおう》なく頭に流れこんでくる物騒な覚悟に、

（ちち……はは……！）

アーニャはベッドの上でガタガタと震えた……。

「追いついたぞ」

前方に飛行戦艦を捉えたロイドは、その後ろを蛇行して飛びながら、無線で呼びかけた。

「こちらフリジス０９８８、燃料系統の故障のため、緊急事態を宣言する。このままでは墜落してしまう。貴艦への緊急着艦を求めたい」

「大佐。所属不明機が着艦許可を求めています」

無線を受けた通信兵が、背後に座るスナイデルに許可を求める。

だが、スナイデルはかすかな躊躇《ためら》いすらなく、

「撃て」

と命じた。それに、通信兵が困惑の表情を浮かべる。

「え？　しかし」

スナイデルはこれに大きなため息で応えると、

「撃て」

ともう一度、同じことを告げた。

❄

「聞こえますか。着艦許可をお願いします」

飛行戦艦からの返答はない。ロイドが繰り返し無線に呼びかけていると、飛行戦艦の砲

塔が動いた。

「！」

砲口がこちらに向けられるより早く、ロイドは機体を上昇させた。

直後、銃撃が浴びせられる。

ロイドは操縦桿《そうじゅうかん》を握る手に力を込めると、襲いかかる弾丸の雨から逃れるべく機体を大きく急旋回させた。

＊

「はわわっ!?」

後部座席に隠れていたヨルは、急に激しく揺れ始めた機体に、慌てて座席へしがみついた。重力の変化で、身体《からだ》が宙に浮かび上がる。

＊

一方、続く一斉砲撃に、思わず、

「マジか!?」

とうめいたロイドは、神がかった操縦桿さばきでおびただしい量の銃撃をかわしながら、機体を飛行戦艦の前方へ躍り出させた。

飛行戦艦の艦橋《ブリッジ》では、器用に飛びまわる戦闘機を前に、スナイデルが苛立《いらだ》っていた。

「蚊とんぼ一匹、しとめられないのか！」

そう叫んだ後で、にわかに冷静さを取り戻すと、低く告げた。

「警告射撃は不要だ。対空誘導弾を使え」

「しっしかし！　あれは秘密兵器で、平時での使用は認められておりません」

驚いた部下が反論する。だが、スナイデルはまったく意に介することなく、淡々と言い放った。

「すぐに戦時になる。撃て」

「よし、捕まえたぞ」

「はなせぇー　ちちー　ははー」

ドミトリに羽交い絞めにされたアーニャは懸命に暴れたが、相手は軍人。子供の力ではどうにもならない。

「……ふーっ、ふーっ」

ルカが震える手でナイフを抜いた。怯《おび》えた息遣いが、逆に恐怖をあおってくる。

「悪く思うなよ」

青ざめたルカが、ナイフを手にゆっくり近づいてくる。アーニャを押さえつけているドミトリが、ぐっと身体を強張《こわば》らせ顔を背けるのがわかった。

「いやああぁ」

アーニャの絶叫が、飛行戦艦の一室に響きわたった。

❄

その頃、ロイドはこちらを目がけて飛んでくるミサイルに気づいていた。

すかさずかわすも、空中で旋回したミサイルは、再びこちらへ向かってきた。

「誘導弾!?」

咄嗟《とっさ》に察しをつけたロイドは、機体を急降下させ、再びミサイルを避《よ》けた。機体を大きく旋回させ飛行戦艦の下へと潜りこむと、ミサイルもやや遅れてついてきた。

自身の下に潜りこんできたロイドの機体に戦艦が集中砲火を浴びせてくる。銃弾が降り注ぐ中、猛スピードで直進し、巨体の下から抜け出ると、ロイドは更に戦闘機を加速させた。

バックミラーでミサイルがついて来ていることを確認しつつ、眼前に迫る岩山にギリギリまで肉薄し、すんでのところで素早く上昇する。

残されたミサイルはそのまま岩山へ突っ込み――爆発した。

＊

「ふぎゃ！」

幾度となく回転する後部座席から放り出されたヨルは、目をまわしながら、

（ロイドさん、運転、荒いです……）

珍しくも〝夫〟への恨み言を胸の中でつぶやいていた……。

＊

ミサイルを無事回避し安堵《あんど》したのも束《つか》の間、飛行戦艦から二発目が発射される。

「くっ！」

そちらもどうにかかわしたロイドだったが、ミサイルはあろうことか、ロイドの機体のすぐ側《そば》で自爆した。ミサイルの破片が戦闘機に降り注ぐ。それに左翼をやられた。

「……！」

機体が大きく傾く。このままでは墜落必至だ。

「こうなれば――」

覚悟を決めたロイドは、飛行戦艦へと進路を決めた。


『こちらに来ます！』

砲手の叫び声を聞きながら、

「撃ち落とせ！」

スナイデルが命じる。

ロイドの戦闘機は、左翼を破損しながらも弾丸の雨をかいくぐり、飛行戦艦へ突っ込んだ。

＊

戦闘機が機体に突っ込んできた衝撃は、アーニャのいる部屋にも伝わっていた。

「なんだってんだ!?」

激しく揺れる床にルカが足を滑らせ、ドミトリもアーニャと共に脇にあるベッドに倒れこんだ。その拍子に、ドミトリがアーニャを手放す。

ベッドから転がり落ちたアーニャは、監禁されていた部屋を一心不乱に飛び出した。

「逃げた！」

「おい！　待ちやがれ！」

両者の叫び声を背に、アーニャは必死の形相で廊下をひた走った。

「も　もれる……!!」

8

飛行戦艦の機首部分に戦闘機の頭から突っ込んだロイドは、スパイ道具を入れた鞄《かばん》を背負うと、操縦席前方の窓ガラスを割って、軽やかに戦艦内へ飛び降りた。

(まずは、アーニャの所在を確認する)

素早く周囲を確認すると、奥に細い通路《キャットウォーク》が見えた。とりあえず、そちらに向けて駆け出す。

❄

一方、戦闘機の後ろ半分に忍んでいたヨルは、衝撃が収まると機体の底面にある扉——自身が入ってきたそれを蹴り破り、外へ出た。その瞬間、凄《すさ》まじい突風にあおられる。

「え!? なんですか、これは!? ロイドさん!?」

強風に髪《かみ》を押さえながら身を屈《かが》ませたヨルは、周囲を見まわし、そこが飛行戦艦の外殻部分であることにようやく気づいた。さっきまで乗っていた戦闘機が突き刺さっている。

「……ロイドさん?」

その亀裂からおずおず中をのぞくが、戦闘機のコックピットにロイドの姿はなかった。前方の窓ガラスが粉々になっているのを見るに、そこから出て艦内へ降りたのだろう。

ロイドはアーニャが軍に保護されたと言っていた。ならば、この戦艦のどこかにアーニャが乗っているのかもしれない。ロイドはそこへ向かったのだろう。

「早く追いかけないと。でも、ここからじゃ下にいけない」

亀裂は人一人、潜《くぐ》り抜けるには狭すぎた。ヨルが亀裂から顔を上げる。

「────でしたら……！」

飛行戦艦の前方を見すえ、容赦なく吹きつける吹雪《ふぶき》にひるむことなく立ち上がると、両手をぐっと握りしめた。

「上から行くしかないようですね……！」

覚悟を決める。外殻を力強く蹴ると、そのまま走り出した。

❄

「生存者がいないか確認しろ」

スナイデルが傲岸に命じる横で、砲台からの無線連絡を受けた兵士は、相手に何度も確認した後、

「大佐……女が来ます！」

「女？」

「女が……本艦外殻を走ってきていると」

「冗談を言ってる場合か！」

部下を一喝し立ち上がったスナイデルが、

「我々は東西の均衡を破るという大仕事を……」

そう続けながら、部下たちが呆然《ぼうぜん》と見上げているモニターを一瞥《いちべつ》、あんぐりと口を開いた。

「んなあ――――――――――ッ!?」

生身の女が、吹雪の中、飛行艦外殻を平然と走っている。そのあり得ぬ状況にさしものスナイデルも呆然としたが、一時の驚きが過ぎ去ると、歴戦の軍人は即座に冷静さを取り戻した。

「……殺せ」

「え？」

モニターに釘付《くぎづ》けになっていた部下たちが、呆《ほう》けたようにスナイデルを振り返る。

「あの戦闘機に乗っていたに決まってるだろう！　つまりは敵だ!!」

艦橋《ブリッジ》内に響きわたるスナイデルの怒声に、兵士たちが一斉に正気を取り戻す。ほどなく、謎《なぞ》の女への砲撃が開始された。

❄

飛行戦艦の外殻を駆けていたヨルは、自分に向けて砲台から発せられる銃撃を人並み外れた反射神経でかわしつつ、手前に見えた窪《くぼ》みに滑りこんだ。

窪みに身を隠しながら辺りを見まわすと、別の方向からも銃弾の雨が浴びせられた。見れば、外殻に開いたハッチから顔を出した兵士が、マシンガンを構えている。だが、巧《うま》く身を隠したヨルには当たらない。

全弾を無為に撃ち終えた兵士は痺《しび》れを切らした様子で、

「だったら、こいつでどうだ!?」

と、懐から手榴弾《しゅりゅうだん》を取り出した。

兵士の指がピンを引くのを確認したヨルは、素早く着ていたコートを脱ぎ、彼に投げつけた。強風に乗ったコートが兵士の胸から上を覆う。

「!?」

視界を奪われた彼はバランスを崩し、そのまま後ろに倒れこんだ……。

ハッチから甲板内部へと落下した兵士は、キャットウォークに救われたが、自身の手から零《こぼ》れ落ちた手榴弾が床に転がる音を聞いて、さっと青ざめた。ピンはすでに抜けている。

「うわああっ!!」

慌てて肢体にからみつくコートを引きはがし、必死の形相でその場から逃げ出す。

——直後、手榴弾が爆発した。

❄

今まで兵士がマシンガンを撃っていたハッチ周辺が、爆風と炎に吹き飛ぶ。ヨルはもくもくと立ちこめる黒煙を前に、「……あらまあ」と場違いなほどにおっとりつぶやいた。

砲台内のモニターからその一部始終を見ていた兵士は、動揺を隠せぬ声で、

「デッキ3Aブロックで爆発! 手榴弾によるもの!!」

と艦橋に報告したものの、

「女は……」

モニターの画面は爆発の光とノイズで乱れて、女がどうなったか確認できない。

肉眼で確認すべく、兵士が砲台のハッチを開けた途端、

「!?」

件《くだん》の女が空から降ってきた。


兵士ごと砲台の中を落下し艦内に着地したヨルは、自分の下で伸びている兵士に向け、

「あの。夫と娘を迎えに来たのですが……」

そう尋ねつつ片足を退《の》けると、兵士は白目を剥《む》いて気を失っていた。

「……あら。気絶されてますね」

そそくさと兵士の上から降りたヨルは、艦内を軽く見まわすと、戦艦の奥へ向けて駆け出した。

＊

「女が艦内に侵入しました！」

艦橋内でモニターを監視していた兵士の一人が叫ぶ。

「排除しろ！」

スナイデルの命令に、兵士たちが各所に無線で指示を出し、艦橋内がにわかに騒がしく

なった。そこへまた、新たな報告が入る。

「先程の爆発で、隣接する燃料系統に引火！　火災が広がっています!!」

「消火しろ！」

スナイデルが叫んだ瞬間、爆発音と共に激しい震動が一同を襲った。

「今度はなんだ！」

「火災が機関室に広がったようです！」

「クッ……！　ここは最低限でいい！　おまえたちも消火に行け！」

次から次へと起きる厄介事にイラついたスナイデルが、部下たちを見まわして命じる。

部下たちが慌てて機関室に向かう中、その内の一人が振り返った。

「女はどうしますか？」

「……〝タイプF〟を向かわせろ」

スナイデルは一瞬、考えた後で、低く命じた。先程までとは打って変わって、ひどく静かな声音《こわね》だった。

「!?」

「しかし、あれは……！」

ぎょっとした兵士たちが上官の真意をつかみかねていると「――言っただろう」とスナイデルは厳かに言い放った。

「今は戦時だと」


そんな緊迫する艦内で、アーニャは依然、両手でお尻《しり》を抱え逃げまわっていた。

「ひぃ〜〜〜〜〜〜〜〜〜〜〜!!!」

「待て〜〜〜〜〜〜〜〜〜〜〜〜!!!」

ちょこまかと通路を駆けまわることで、どうにか二人をまこうとするアーニャを、ルカとドミトリはどこまでも執拗《しつよう》に追いかけてくる。

「あわわ　あわわ」

「どこだ!?　どこだ!?」

「何やってんだこっちだ!」

「わあ!!」

あわや挟み撃ちにされかけたところで、アーニャが必死にジャンプし、二人を飛び越える。

「うおっ!?」「わっ!」

正面衝突したルカとドミトリが、その場で伸びている隙に、アーニャは手近な扉に体当たりし、中へ逃げこんだ。

扉に耳を押し付け、息を殺して外の様子をうかがっていると、

「あっちだ! あっちを捜せ!」

「くそっ! どこ行きやがった!?」

早くも復活したらしき彼らの声が聞こえ、ほどなく、二つの足音が明後日《あさって》の方向へ走り去って行った。アーニャはくるりと後ろを向いて扉に背中を預けると、安堵《あんど》のあまり、はあーっと息を吐き出した。

そして、ふと部屋の奥にあるものに気づき、両目を見開く。

なんたる偶然、あれほど乞い焦がれた便座が目の前に鎮座していた。

「と……といれ………!!」

アーニャの両目にじんわりと涙が浮かび上がる。

長く辛《つら》い戦いに、アーニャは遂《つい》に勝利したのだ……。

「本当に女一人なのか!?」

「いや、髪の長い男って話だ。身長三メートルはあるって……」


艦内の狭い廊下を、兵士たちが何やら騒々しく走りまわっている。その様子を、小部屋に身をひそめたロイドはドアの隙間からうかがっていた。

(先程の爆発音はなんだ? 強引な着陸で船体にダメージが……? いや——今はとにかくこの混乱に乗じて……ん……?)

ロイドが鋭い視線を向けた先には、将校クラス——階級章の星の数から大尉とおぼしき軍人の姿があった。厳しい表情で兵士の一人に指示を出している。

「残りの者は機関室に向かわせろ!」

「はっ!」

兵士が走り去ると、運のいいことに件の大尉がこちらに向かって歩いてきた。ギリギリまで近づくのを待って扉を開け、有無を言わせず部屋の中に引きずりこむ。

気絶させた上でさるぐつわを噛《か》ませ、縛り上げると、

「少しの間、姿を借りるぞ」

ロイドは大尉の顔でそう告げ、扉を閉めた。


戦艦内にサイレンの音がけたたましく鳴り響いている。

「いそげ!」

「弾薬庫に火がまわったら終わりだぞ」

艦内をさまよっていたヨルは、必死に消火活動にあたる兵士たちに気づき、「すみませーん!」と離れた場所から声をかけた。

「夫と娘を迎えに来たのですが、どなたか居場所をご存じありませんかー?」

「!?」

その声に気づいた兵士の一人が顔を上げ、

「オイ、あれ! 例の女だ!」

「!!」

他の二人もヨルを確認すると、消火器を投げ捨て、銃を構えた。そのまま、一切の警告なしに発砲する。ヨルは自分に浴びせられる銃撃を彼らごと飛び越え、その背後にまわると、近くの壁に設置された消火器をつかみ、力の限りぶん投げた。

「とおぉぉ～～～～～っ！」

「うわあ～～～～～～～～～～～～～～～ッッッ‼」

あり得ない速度で飛んできた消火器に、兵士たちがボーリングのピンの如《ごと》く吹っ飛ぶ。

「いきなり撃ってくるなんて……」

ヨルは気絶した三人に歩み寄ると、彼らが吹っ飛ばされた際に落とした武器の一つを拾った。鞘《さや》におさまった二本のナイフが、ベルトで繋《つな》がっている。

「やはりこの方たち、列車でアーニャさんを襲ってきた悪者さんたちなのでしょうか……？」

ナイフから顔を上げたヨルは、床の上で伸びている兵士に目をやった。

「だとしたら――」

アーニャは保護されたわけではなく、なんらかのトラブルに巻きこまれたのかもしれない。

ヨルは不安に曇った顔で、手の中のナイフをぎゅっと握りしめた。

「ふーっ　ぎりぎりせーふ」

アーニャが別人のようにすっきりした顔でトイレを出ると、足元にコロコロとトイレットペーパーが転がってきた。

「？」

何故《なぜ》、廊下にこんなものがと思って顔を上げると、トイレットペーパーの先にルカとドミトリが立っていた。

足元に散乱したトイレットペーパーを見ながら、ドミトリが得意げに笑う。

「どうよ！　俺のトイレットペーパー占いは!!」

「うそ………」

一難去って、また一難──。

アーニャの顔から再び、さぁっと血の気が引いた……。

「子供を確保しました」

「よし、さっさとここに連れてこい！」

艦橋にて通信兵より報告を受けたスナイデルは、居丈高にそう命じた。

❄

アーニャとロイドを探しまわり、気嚢《きのう》部の入り口に辿《たど》り着いたヨルは重たいドアをこじ開けた。その途端、熱い空気がヨルの顔を撫《な》でる。

「………！」

思わず目を瞑《つむ》ったヨルが眉《まゆ》をひそめながら中に入ると、そこはすでにかなり火災が広がっていた。しかも、この巨大な飛行戦艦を浮かせるための気嚢部だけあって、ひどく広い。

移動用に張り巡らされたキャットウォークを歩いていると、首の裏にひりついた殺気を感じた。足を止め、肩越《かたご》しに振り返った瞬間、ガトリングの銃撃がヨルを襲った。

瞬時に飛び退《すさ》る。だが、その逃げた先にも間髪容《い》れず、銃弾が浴びせられた。

ヨルは再び銃弾の雨を避《よ》けて跳躍すると、キャットウォークからひらりと身を躍らせた。

そのまま気嚢の最下層まで降りると、すぐさま顔を上げる。

すると、赤々と燃える炎の奥で巨大な人影が揺らめいた。

「――……！」

硬く重たい足音に続いて、ゆっくりとこちらに歩み寄ってきたそれは、マスク、ヘルメット、マントで全身を覆い隠した不気味な男だった。身体《からだ》のところどころが燃えているにも拘《かかわ》らず、気にも留めていない。

ヨルは素早く立ち上がると、右腕《みぎうで》を胸の前で構えながら男に問いかけた。

「どちらさまですか？」「…………」

男は答えない。

緩慢な動作で左腕をこちらに向ける男に、攻撃の意志を察したヨルが先んじて床を蹴る。

――直後、ヨルのいた場所に大量の銃弾が浴びせられた。

続くガトリングの乱射をヨルは背後に飛んで避けた。だが、銃弾はどこまでも追ってくる。

キャットウォークを足場に、気嚢内を飛びまわって銃撃の嵐を避けながら、ヨルは腰《こし》につけたナイフを抜き、男に飛びかかる。力ずくでその巨体を押し倒すと、ヨルは男の上に馬乗りになった。ヘルメットの脱げた額《ひたい》にナイフの切っ先を突きつける。

「これ以上の攻撃は止《や》めてください」

だが、ヨルの警告にも男は応じることなく、自ら頭部を持ち上げ、ナイフの切っ先に額を押し付けてきた。耳障りな金属音と共に、人体とは明らかに違う手ごたえが伝わってくる。次の瞬間、ナイフが折れた。

「!?」

本能的に後ろに飛んで彼から離れたヨルの眼前で、男はのっそりと立ち上がった。炎に包まれていたその左腕から、マントの袖口が焼け落ちる。その下から現れたのは、ガトリングを持った腕……ではなく、腕そのものがガトリングと一体化した代物《しろもの》であった。

やがて、マントがすべて焼け落ち、男——タイプFの全身があらわになる。

全身が武器で構成されたその姿は、およそ人間とは言い難いものだった。

タイプFは額にひびの入ったマスクを外すと、

「その程度か、侵入者」

と平板な声で尋ねてきた。

ヨルはもう一本のナイフを腰から抜くと、

「やるしかないようですね……」

そうつぶやき、タイプFに向かって踏みこんだ。タイプFがそれを銃器の埋めこまれた腕で迎え撃つ。

ヨルは高速で駆けながら銃弾を避けると、握りしめたナイフを大きく振り翳《かざ》した。

「弾薬庫の冷却装置が停止している！」

「他のブロックはいい、機関室と弾薬庫の消火を優先しろ」

「人員退避確認後、二酸化炭素消火装置を動かせ！」

大尉に変装したロイドは、懸命に消火活動にあたる兵士たちの間を悠然と歩きながら、

「人質はどこだ！」

と近くの兵士に問うた。

「人質……？」

問われた兵士は消火の手を止め、ロイドを振り返った。戸惑ったその顔に、

「子供だ！　五歳くらいの！」

と怒鳴る。

「あ……それなら先程、ドミトリ准尉が艦橋に連れて行きましたが」

兵士の答えに、ロイドはかすかに眉をひそめた。

＊

長い紐《ひも》で後ろ手に縛られ、そこから延びた紐を更にさるぐつわのように噛まされたアーニャは、スナイデルの前に引き出された。

「出しただと!?」

「幸い艦内のトイレなので、汚水タンクにたまっているかと……!」

少しでも希望的観測を伝えようとするルカから、アーニャへ視線を移すと、スナイデルはその両目を酷薄に細めた。

「まだ、身体に残っている可能性もあるな」「!!」

スナイデルの言葉に、アーニャがびくっとその身を強張《こわば》らせる。スナイデルはそんなアーニャを冷たく見やると、

「下の部屋に転がしておけ。このバカ騒ぎを終わらせたら、私がかっさばく」

「え?」

「大佐御自身が?」

ドミトリとルカが驚いて問い返す。

「ちょうどケバブを楽しむために、特大のナイフを買ったところでね」

スナイデルは妙に陽気な声でそう言うと、再び残忍な視線をアーニャに向けた。

「────────ッッ!!」

恐怖に駆られたアーニャがさるぐつわの下で悲鳴を上げる。スナイデルは冷ややかに笑うと、ルカとドミトリに向けて怒鳴った。

「わかったら、とっとと行け!」

「はいっ!」

「え、と。どこに?」

すくみ上がるルカのとなりで、ドミトリが間抜けな声を上げる。

「今すぐ汚水タンクに潜り、クソまみれになってマイクロフィルムを探すんだ!!」

スナイデルは語気も荒くそう告げると、胸元からナイフを取り出し、「さもなければ」と言った。一転して静かな声音が凄味《すごみ》を増す。

「おまえらも、ケバブみたいに切り刻んでやる」

「はっ……はいい──っ!」

今度こそ震え上がった両名が、艦橋を飛び出して行った。

＊

「くそっ、まったくついてねえな」

艦橋を出て汚水タンクに向かう道すがら、ドミトリが舌打ちをもらす。

「食い意地の張ったクソガキのせいで散々だ」

「ああ、俺なんて、あのバカ犬に噛まれたとこ、まだ痛むんだ」

ルカも苛立《いらだ》たしげにうめく。

スナイデルの脅しに対する恐怖と不満――これからやることへの忌々《いまいま》しさでいっぱいになりながら、廊下のつきあたりを左へ曲がる。その際、両者は前方からやって来た男があたかも道を譲るように立ち止まったことに、然程《さほど》、注意を払わなかった。その男の両目がルカの引き千切られた階級章を素早く捉えたことにも……。

――直後、

「⁉　うわ！」

ルカが唐突に悲鳴を上げ、背後に引き摺《ず》られた。となりを歩いていたドミトリが、いきなり視界から消えた相棒に、何事かと振り返った途端、

「え？　うわぁ！」

伸びてきた腕に胸倉をつかまれた。

やがて、白目を剝いたルカとドミトリを廊下に残し、男——大尉に化けたロイドは、涼しい顔でその場を後にした。

❄

「——失礼します」

艦橋内に入ったロイドは、素早く周囲に視線を這わせたが、アーニャの姿はなかった。

(いない……艦橋はここ一つのはずだが)

「なんだ？」

入って来たはいいが何も言い出さない部下に、スナイデルが問う。

「大佐殿に、消火活動の現状報告を……」

大尉になりすましたロイドがもっともらしいことを告げるが、スナイデルはうるさそうに部下の報告を遮った。

「後にしろ。今は忙しい」

艦橋のすぐ下にある部屋では、壁のパイプに繋がれたアーニャがしょんぼりとうつむいていた。――が、

(アーニャが連れてこられたはずだが、どこだ？)

突如、頭に流れこんできたロイドの声に、ばっと顔を上げた。

(……!!　ちち　きてくれた!!)

喜びに顔を輝かせたアーニャは、縛られていることも忘れて駆け出した。その結果、床につんのめりかける。

「むー！　むー！」

とにかく、この拘束を解かなければ始まらない。だが、固く結ばれた紐は両方の手首をよじったぐらいではびくともしなかった。

背中越しに忌々しい紐を睨《にら》んだアーニャの眼《め》に、その先が結びつけられた通話パイプが映った。通話パイプは天井の上まで伸びている。

覚悟を決めたアーニャは、ぎゅっと目を瞑ると、

(ちち　アーニャここにいる！)

そう胸の内で叫びながら、自身の頭を通話パイプへぶつけた……。

＊

「後にしろと言ったぞ。下がれ」

ロイドに背を向けたまま、スナイデルが再度、命じる。ロイドは内心の焦りが顔に出ぬよう思考を巡らせた。

（このまま留《とど》まれば疑われる。どうする……？）

その時、微《かす》かな金属音が耳に届いた。

「!!」

何かを訴えかけているようなその音に、咄嗟《とっさ》に目を閉じ、耳をそばだてる。素早く音源を探り当て、まぶたを上げると、ロイドは音の聞こえてきた方向に視線のみを向けた。そこには音声を伝えるためのパイプがあり、手前の床にハッチが見えた。

ロイドの両目がすうっと細まる。

（そこか……！）

(!!)


ロイドの思考を受け止めたアーニャが、パイプから頭を離し、天井を見上げた。

(ちち……きづいた!!)

幼い顔が喜びに晴れわたる。パイプに打ち付けた頭の痛みなど、一瞬で吹き飛んだ。


ロイドはアーニャ救出の方法を瞬時に考え出すと、狙いをつけ、軍服のボタンを飛ばした。

床をコロコロと転がったボタンが、ハッチの手前で倒れる。

「あっ……すみません」

無作法を詫《わ》びつつ、ロイドがボタンを拾うていでスナイデルの横を通り過ぎようとすると、

「待て、大尉」

背後で、スナイデルが低く呼び止めてきた。ロイドの足が止まる。

「……いつからそんな都会っぽい香りになった?」「!」

動揺を見せぬよう振り返った途端、スナイデルが発砲してきた。頭部を狙ったそれをロイドは咄嗟に避けたが、弾丸は大尉の顔を模したマスクをわずかにかすめた。

続く銃撃をかわし、コンソールの裏側に逃げこむ。素早く銃を取り出し、構えると、

「瓦礫《がれき》と絆亭《きずなてい》の旅行者か」

スナイデルが問うてきた。正体はすでに割れているということか。ロイドは舌打ちすると、大尉のマスクを剝《は》ぎ取った。

「クソッ、あと一歩というところで……！」

「グルメの鼻をなめるなよ」

スナイデルはそう言うと、左手に銃を構えたまま、脇においてあるアタッシュケースをつかんで立ち上がった。そして、わけがわからず呆然としている兵士たちへ叫んだ。

「出口を固めろ！　絶対に逃がすなよ!!」

叫びざまに、コンソールの奥のロイドへ銃弾を撃ちこんでくる。

我に返った兵士たちが一斉にロイドに向けて発砲した。そのまま、じりじりと出入り口へ後退《あとずさ》っていく。ロイドもコンソール越しに応戦する。

スナイデルはロイドが身を隠すコンソールとは別のコンソールに身を隠すと、

「敵は一人だ。囲んで仕留めるぞ」

ロイドの反撃にたじろぐ部下たちに向け、声を張った。

再び、激しい銃撃音が艦橋内を埋め尽くした。

その頃、気嚢内でも激しい攻防が続いていた。

タイプFの両腕から放たれる銃弾によって、絶え間ない爆発が起こる中、ヨルは気嚢内を止めどなく走りまわることで、それらを回避していた。

左腕のガトリングをグレネードランチャーに変形させたタイプFが、走りまわるヨルの背中に狙いをつける。

轟音《ごうおん》と共に発射された戦車砲のようなそれの直撃を、ヨルはギリギリのところで避けた。

尚《なお》も襲い来る爆炎爆風から逃げつつ、手前の壁に設置された消火用の斧《おの》をつかむ。固定している金具ごとそれを引き抜くと、タイプFのいるキャットウォークに飛び降り、すかさずその真横へ回りこむ。

こちらを向いたタイプFが、再びガトリングに変形させた左腕を向ける。

乱射される銃弾をヨルはすべて紙一重で避けると、左手に斧を握ったまま、右手のみでタイプFの左腕を抱えこんだ。

「……………!!」

振り払おうとするタイプFをそうはさせじと力で押さえこみ、床に向けて円を描くように乱射させた上で、キャットウォークの床を強く踏みこむと、タイプFの腕を放し、大きく身を捻《ひね》った。後ろへ跳躍する。

その反動で、すでに穴だらけだった床が抜け、タイプFが落下していく。

ヨルは自身もその穴から飛び降りると、タイプFが気嚢の最下層に背中から叩《たた》きつけられるタイミングを狙って、

「はあああああああああああああああ!!」

その分厚い胸部に思いっきり斧を叩きつけた。

激しい衝撃がヨルの腕に伝わってくる。——だが、

「!?」

手応えが明らかに異常だった。ヨルが目を凝らす。

「これは……!?」

マントの下からあらわになったタイプFの胸部には、弾倉が埋まっていた。目を見開くヨルの前で、弾倉が音を立てて回転し、ガトリングへ弾丸が送られる。

タイプFが仰向けの状態のまま、ヨルの鼻先にガトリングを向ける。弾《はじ》かれたようにその場から飛び退ったヨルが、何度かバク転を繰り返し、敵から距離を取ると、胸部に斧が刺さった状態のままタイプFが身を起こした。

「こんなものでは、俺を傷つけることすらできんぞ」

無感情にそう言うと、胸の装甲から斧を引き抜き、投げ捨てた。

「どうすれば……」

ヨルは右腕を胸の前で構えたものの、ナイフも斧も通用しない相手を前に、緊張を隠せずにいた。

睨み合う両者を炎が取り囲む。

気嚢内はいつしか、火の海と化していた。

＊

互いにコンソールに身を隠し、スナイデル陣営と撃ち合いを続けていたロイドは、弾切れになった弾倉を床に投げ捨てた。新たな弾倉を装填している間も、激しく銃弾が撃ちこまれてくる。

多勢に無勢ということもあり、こちらが押され始めているのは明白だ。

ロイドは天井を見上げ、瞬時に跳弾での着弾距離を計算すると、天井のパイプ目がけて連続で銃弾を放った。――計三発の銃弾が、パイプに当たって跳弾する。その内二つは外れたが、最後の一つはコンソールから顔を出していた兵士の銃身に命中した。

「ぐあっ！」

たじろいだ兵士が銃を取り落とす。


「やるな……だが」

コンソールの陰から部下が倒れる様を見ていたスナイデルは、余裕の笑みを浮かべた。

手元のアタッシュケースを開く。そこには『タイプG』と記された特殊な形状の手榴弾と、ガスマスクが収められている。

(開発中の毒ガス式手榴弾、試してやる……!)

不気味な光を放つ手榴弾に手を伸ばしながら、スナイデルは不敵に嗤《わら》った。

❄

(毒ガス!?)

「むぐぐ!?」

スナイデルの心の声をキャッチしたアーニャが、さるぐつわの下で声にならぬ悲鳴を上げる。

(ちち　ぴんち!)

慌てふためき、父の元へ駆けつけようともがくが、頑強に縛られた紐はびくともしない。

悔しさに奥歯をぐっと噛みしめ、にわかにはっとする。

このさるぐつわさえ噛み千切れば、父に毒ガスのことを伝えられる。

アーニャは真面目《まじめ》な顔になると、「はぐっ！」と口の中の紐を思いっきり噛んだ。

「ふぅぎぎぎ……」

普通に噛んだぐらいではびくともしないそれを、歯と歯をこすり合わせることでどうにか噛み千切ろうと、真っ赤な顔でもがく。さるぐつわから、ブツッ……という音が聞こえた気がした。それに励まされ、縛られた両手も遮二無二動かす。

（アーニャが……！）

アーニャの脳裏に、自分を助け出すために傷だらけになって戦ってくれているロイドの姿が浮かんだ。アーニャの両目に強い光が宿る。

（アーニャがたすけるばんんんん――――！！）


上の艦橋では、ガスマスクで顔を覆ったスナイデルが、タイプGを握りしめていた。

「フフ……！　メレメレの代わりに、ご馳走《ちそう》してやるよっ！！」

そう叫ぶと、ピンを抜いたタイプGをロイドの隠れているコンソールへ投げつけた。

「!?」

ロイドの足元に落ちたそれは爆発することなく、ただもうもうと煙を吹き出した。

「ガス!?」

即座に察したロイドが身をひるがえすも、たちどころにガスに包まれてしまう。ガスはロイドの隠れていたコンソールのみならず、艦橋内のすべてを飲みこんだ。

❄

（ちーちいいいいい!!!）

胸の中でロイドに呼びかけながら、さるぐつわを噛み千切ろうと奮戦していたアーニャの口内で、屈強な紐がブチッと千切れる。

「うわわわ――――――あぁぁっ!!」

一本の紐で縛り上げられていたことが幸いし、晴れて自由の身となったアーニャは、しかし、その反動で手前の床につんのめった。

「んぎっ！」

そのまま床を滑って奥のコンソールに頭ごと突っ込む。

「ぶぎゃっ!!」

潰れたカエルのような悲鳴を上げるアーニャを尻目《しりめ》に、アーニャのぶつかった衝撃で誤作動したコンソールに緑色のランプが点灯する。

――ほどなく、艦橋内にあるすべての窓を開閉するための装置が作動した。


突然、艦橋中の窓が開いたかと思うと、ガスが船外へ排出されていく。

「なんだとぉぉおおおお!?　ブワッ！」

何が起こったのかわからずガスに飲まれたスナイデルの背中を、煙の奥から伸びてきた腕がつかんだ。

「うおっ!!」

そのまま、ガスの中へ引きずりこまれる……。

やがて、室内に充満していたガスがすべて外に出てしまうと、兵士たちが隠れていたコンソールからおずおずと顔を出した。

スナイデルが使うと知って自身もつけたガスマスクを外した彼らは、目の前の光景に愕《がく》然《ぜん》となった。

「え!?」「なっ!?」

彼らの上官であるスナイデルが、同じく上官であるスナイデルと取っ組み合っている。まるで間に鏡を置いたかのようだ。両者をオロオロと見比べる兵士たちに、左側のスナイデルが、「何してる!」と怒鳴りつけた。

「この偽者を撃て!」

その言葉に右側のスナイデルも、

「俺が本物だ。早くコイツを撃て!」

とまったく同じ声音で怒鳴った。

「「このおぉぉおおおおおおおおおお!!」」

両者が同じようにうめき声をあげ、取っ組み合った状態で睨み合う。兵士たちはどちらが自分たちの上官なのか判断ができず、ただただ困惑するしかなかった。

＊

（鼻が利くのはおまえだけだ。だったら、他の連中を騙すまでだ）

いきなりすべての窓が開いたどさくさに紛れ、スナイデルに変装したロイドが、対峙《たいじ》する本物へ胸の中で告げる。すると、小賢《こざか》しいとばかりに、スナイデルがつかんでいたロイドの手を振りほどいた。

「化けの皮剝いで、ポークスクラッチングにしてくれる‼」

軍服からナイフを抜き、襲いかかってくる。

「うおおおおおおおおおおおおおおお‼」

（化けの皮、か――）

風を切らんばかりの速さで繰り出されるナイフを、ロイドはすべて軽々と避けると、スナイデルの右足の甲を踏みつけ、ナイフを握りしめた手首をつかんだ。そのまま、腕を引っ張りつつ、甲を踏みつけていた足を退《の》けると、バランスを崩したスナイデルが倒れこんできた。

ロイドが低く落とした声で冷ややかに告げる。

「貴様ごときが剝がせるほど、薄っぺらだと思うなよ」「……ぐっ……」

こちらを見上げたスナイデルの顔に、初めて恐怖と焦燥の色が浮かぶ。

ロイドは自身に向かって倒れこむスナイデルの右手を捻るようにして、彼の背後へまわると、その太い首に左腕を回し、じりじりと締め上げた。

「……………!!」

やがて、白目を剝いたスナイデルの身体から力が抜ける。ぶらんと垂れた右手からナイフが零れ落ちるのを見て、その腕を放した。

鈍い音を立てて、スナイデルの身体が床に崩れ落ちる。

「!? どっちだ?」

「本物、なのか……?」

固唾《かたず》を呑《の》んで見守っていた兵士たちから、戸惑いの声がもれる。

そんなギャラリーに向け、ロイドはスナイデルの姿のまま、いかにも本物の彼らしく「フン!」と嘲笑してみせた。兵士たちを振り向いて大仰に言う。

「この私が、偽者などに負けると思うのか!」

「し、失礼いたしました!!」

兵士たちが慌てて敬礼の姿勢を取る。

「一刻も早くアルボ共和国に向かわなければならない。退艦だ」

ロイドはスナイデルの顔で彼らを見すえると、そう命じた。

「え!?」

「退艦？」

「艦を棄《す》てるのですか？」

敬礼していた手を下ろし、兵士たちがにわかにたじろぐ。ロイドはそんな彼らを見やって告げる。

「軍人なら職務を全うせよ！　この艦はもう持たない。ならば、艦を捨て陸路を使って命令を実行する――総員退艦だ」

威圧感に満ちた命令に、しかし兵士の一人が思わずというように尋ねた。

「しかし、大佐は……？」

「いいから、行け！」

「はい！」

思わず全員で答える。彼らはすぐにも、偽スナイデル――とされた本物を二人がかりで抱え、残る一名が「失礼します！」と敬礼した上で艦橋を出て行った。

「ふぅ……」

扉が閉まるのを待って、ロイドはスナイデルの顔を剥ぎ取ると、小さく嘆息した。

タイプＦの右腕がオーバーヒートし、銃撃が止んだ。

「弾切れを待っているなら無駄なことだ」

タイプＦが冷ややかに告げる。足を止めたヨルは荒い呼吸を整えながら、右手に握りしめたナイフを一瞥した後、

（銃弾は体内に……）

タイプＦの胸部へ視線を向ける。先程の攻撃で装甲が剝がれ、胸部内の弾倉が露出している。だが、ヨルの持つナイフもまた刃こぼれが凄まじかった。果たして使い物になるかどうか。

他に武器になりそうなものは——ボロボロのナイフを構えたヨルが、周囲を見まわしながら、もう片方の手でポケットをまさぐる。すると、指先にひんやりと固い何かが触れた。

「……………！」

ヨルはシティマーケットでロイドにもらった口紅を握りしめると、胸の前で構えていたナイフを下ろした。最早《もはや》、最後のチャンスにすべてをかけるしかない。

「……これが最後の警告です。大人しくそこをどいてください。私は……夫と娘を迎えに

来ただけなのです」

「ほざけ。おまえら全員、東西の未来と共にここで朽ちて果てろ」

「……そうですか…………」

にべもない答えに、ヨルが瞑目《めいもく》する。

そんなヨルを無機質な目で見やると、タイプFは新たな砲身を装填した。ゆっくり腕を上げる。低い金属音と共にガトリングが回転し、銃弾が発射された途端、ヨルがギンッと両目を見開いた。その顔に、殺気が宿る。

すかさずタイプFに向けて走り出すと、弾丸の雨を避け、口紅を握りしめた手で床をなぞるように、タイプFのまわりを大きく旋回する。

そのまま床を蹴って切りかかると、タイプFは右腕の砲身でそれを弾いた。後ろに飛んで体勢を直したヨルが再び切りかかる。

「!!」

右肩を切りつけられたタイプFが、再びヨルに銃弾を浴びせる。ヨルはギリギリでそれを避け、胸部の弾倉をナイフで切りつけた。

だが、タイプFは動じない。逆にナイフの刀身が無惨に折れ、床へ落ちた。

「……無駄だ。ナイフで俺は……」

タイプFが不意に言葉を止める。自身の足元を見つめると、

「!?　口紅……？」

そうつぶやいた。

いつの間にか、自身を取り囲むように紅の線が描かれ、その線が胸部の弾倉にまで及んでいることに初めて困惑の色を見せたタイプFに、床から立ち上がったヨルがその手に握りしめられた口紅を見せる。

「口紅の半分は、油なんだそうです」

ヨルはそう告げると、口紅を手近な手すりから立ち上る炎に近づけた。口紅に炎が移る。

「……チッ！」

ヨルの意図に気づいたタイプFは低く舌打ちすると、ガトリングを回転させた。だが、彼がそれを放つより早く、ヨルの手が燃え上がる口紅を落とした。

炎が口紅で描いた線を走ってタイプFの足に燃え移る。

「…………!!」

瞬く間に全身を覆った炎は、彼の身体中に埋めこまれた武器に引火し、爆発した。周囲に飛び散った弾薬の火薬が火花となって、キラキラと輝いている。

ヨルは冷ややかにそれを見つめていたが、かすかに目を伏せると、その場を立ち去った。

＊

コンソールにしこたま頭をぶつけたアーニャは、両手で頭を覆い懸命に涙をこらえていた。すると、頭上から天井のハッチが開く音が聞こえた。アーニャがパッと笑顔になる。

「ちち――!!」

「アーニャ!」

ロイドはハッチから顔をのぞかせると、梯子《はしご》を使うことなく軽やかにそこから飛び降りた。その胸にアーニャが飛びつく。

「……大丈夫か、アーニャ」

ロイドが静かに尋ねてくる。アーニャはロイドの胸の顔をうずめたまま、こくりと肯《うなず》いた。

その拍子にアーニャのポシェットから、さくらんぼのリキュールが転がり出た。それに気づいたロイドがアーニャの身体をそっと離し、小瓶に手を伸ばす。

「さくらんぼリキュール? おまえこれ……」

「ちちがさがしてた ざいりょうのやつ!」

ロイドにまじまじと見つめられ、アーニャが必死に告げる。

「それで、ホテルを抜け出したのか?」

ロイドは驚いた顔でつぶやくと、やがて少しだけ困ったような、呆《あき》れたような、それでいて穏やかな笑みを浮かべた。

アーニャの頭の中にロイドの心の声が届く。——その声にはならなかったちちの想《おも》いに、アーニャが面映《おもは》ゆげに微笑《ほほえ》む。

そんな中、頭上で大きな爆発音がし、船体がぐらりと傾いた。

「……!?」

驚くアーニャをロイドが胸の中に庇《かば》った。

爆発が起こったのはどうやら上の艦橋らしく、しばらくの間、かなり激しい揺れが続いた。

やがて揺れが収まるのを待って、ロイドが険しい顔で周囲を見やった。「——とにかく脱出だ」

❄

気嚢の上部にあるハッチを開いて、再び飛行戦艦の外殻に出たヨルが周囲を見まわす。

そして、ふとその視線を止めた。

爆発で天井部分が吹き飛んだ中央の艦橋に、開いたハッチから顔を出すロイドとアーニャの姿が見えた。外殻の上を走って駆け寄ったヨルが、吹き飛んだ天井から飛び降りる。

「ヨルさん!?」「はは!」

驚くロイドとアーニャの前に軽やかに着地したヨルは、

「ロイドさん! アーニャさん!」

と探し求めていた二人の名を呼んだ。

「ははー!」

笑顔で駆け寄ってくるアーニャをやさしく抱きとめ、二人の顔を交互に見やって尋ねる。

「お二人とも、お怪我《けが》はありませんか?」

「ヨルさんこそ……っていうか、どうしてここに……?」

「!」

戸惑いがちに問い返してくるロイドに、ヨルが狼狽《うろた》える。これまでにあったことをそのまま伝えるなど、できるわけがない。

「え!? あ……その…………ロイドさんの飛行機に咄嗟に……」

「咄嗟にって……」

曖昧に笑って誤魔化そうとするが、ロイドの反応は鈍い。慌てたヨルはあれこれ頭の中で考えた末に、人さし指を立てて告げた。

「えっと、ほら！　お出掛けならみんなでしましょうと、言ったじゃないですか。なので……あはは……」

「だからって、こんな所まで……」

ロイドが冷や汗気味にツッコむ。焦ったヨルは、とりあえず話を逸《そ》らせた。

「そ……そういえば結局ここの方たちってば、本当に軍人さんたちだったのでしょうか？」

「え、と。それは……」

今度は何故かロイドの歯切れが悪くなる。すると、アーニャが「ちょ……ちょこ　ごうとうだん！」と叫んだ。

「え？」「あ？」

思わずヨルとロイドの声が重なった。

「アーニャ　れっしゃで　やつらのだいじなちょこ　まちがってたべちゃったから　ねらわれた!!」

何やらアーニャが必死にまくしたてている。

最初は戸惑っていたロイドだったが、一転して鋭い表情になった。

（それで……！　連中、チョコの中にマイクロフィルムを隠して運んでたのか）

ようやく、今回の一連の騒動の真相がつかめた。だが、ヨルへの弁明がまだだ――。ロイドはすばやく頭を巡らせると、アーニャの話にのっかることにした。

「きっ、聞いたことあるぞ。チョコ強盗団！」

と真面目そのものといった声と顔で応じる。

「寒い地域では身体を温めなければならないため、チョコの強奪が横行していると！　まさか、軍隊の船まで盗むとは……！」

我ながら苦しすぎる作り話だったが、ヨルはすっかり信じたらしく、

「まあっ。世の中には恐ろしい方々がたくさんいらっしゃるのですね……」

と素直に驚いている。言い出したロイドの方が、オイオイと言いたくなるほどの騙されやすさだ。まあ、今回はそれに救われたわけだが。

ロイドはこの話は終わりだとばかりに、アーニャに視線を向けると、

「……しかし、おまえは……！」

とその目を厳しくした。アーニャがビクッと身を縮ませる。

「間違って食べただと!?　何してるんだまったく！」

ロイドは強い口調でアーニャを叱りつけながら、

（無事だったからよかったものの……）

と、胸の中で付け加える。

すると、ひたすら怯《おび》えていたアーニャが、はっとロイドの顔を見上げた。その眼がじんわりと潤む。そんなアーニャにヨルも珍しく、厳しい声で叱った。

「そうですよアーニャさん！　人様の物に勝手に手を出してはいけません！」

「ごめんなさい……」

ちちとはは両方に叱られたアーニャが、半ベソで謝る。

ロイドとヨルは互いを見やると、ふっと笑顔になった。

そこへ、またしても爆発音が響きわたった。激しく揺れる機体にロイドとヨルの表情が強張る。

「我々も退艦しましょう。この機体はもう持たない」

ロイドの言葉にヨルが真剣な顔で肯く。

「ちち！　はは！」

アーニャが指さす方を見やると、艦橋前方の窓にフリジスの街並みが見えた。どうやら、少しずつ降下しているらしい。そうこうしている間にも、窓に映る街並みが徐々に大きくなっている。ヨルが口元を覆った。

「このままではあの街に……」

「ちち」

アーニャが不安げにこちらを見上げる。ロイドは手前のコンソールに目を向けると、

「脱出はあとまわしだ。方向を変えて、街の外に落とす」

そう言って近づき、操縦用の機械に手を伸ばした。

「操縦できるんですか?」

背後で驚きの声を上げているヨルを振り向き、

「……学生時代にバイトでやりました」

笑顔でバレバレの嘘《うそ》を吐《つ》く。

「…………」

アーニャは先程までの不安な様子はどこへやら、いささか呆れたような顔でロイドを見つめていたが、ヨルの方は、

「さすがロイドさんです」

またしても驚きの信じやすさを発揮し、尊敬と信頼に満ちた眼差《まなざ》しを向けてきた。

❄

その頃、フリジスの街では、こちらに向かって降下してくる飛行戦艦に気づいた人々が、ざわめき始めていた。

「……？　なんだあれ？」

「こっちに近づいてない？」

「燃えてないか？」

「なんだなんだ？」

＊

天井の吹き飛んだ艦橋内では、凄まじい強風が吹き荒れていた。計測器が激しく乱れている。ロイドはコンソールの前で「くそっ」と舌打ちした。

「推進装置も昇降舵《しょうこうだ》も死んでる……！」

これでは軌道修正はおろか、満足な着陸もできるかどうか。おまけに、尾翼付近が火を噴いている。

「ちち　がんばれ！」

背後でヨルに抱き留められたアーニャが声を張り上げる。

「心配ない。方向舵がまだ残ってる！」

不安を払拭するように告げると、ロイドは舵輪《だりん》を握りしめた。だが、ほとんど動かない。

飛行戦艦の高度がぐんぐん下がっていく。

このままでは街に墜落し、甚大な被害が出てしまう。全力を込めて舵輪をまわすが、極わずかに動くのみだ。そんなロイドの頭上に崩壊した天井から瓦礫が降り注ぐ。

「ぐっ……!!」

ロイドが身体を起こすと、舵輪を握る両手——右と左それぞれに、ヨルとアーニャの手が重ねられた。

「私にも手伝わせてください!」

「アーニャも!!」

吹きつける強風にもめげず、アーニャが必死の形相で叫ぶ。

「………」

ロイドは二人の意志を汲《く》み、ぐっと前を見すえた。

三人の力を合わせたことで、舵輪が少しずつではあるが動き始めた。

だが、正面の窓にはフリジスの街の時計塔が迫っている。

「うおおおおー!!」

「うんぐぬぬぬ!!」

「ふーっ! ぐっ……ううう!!」

三人が遂に舵輪をまわし切る。

衝突をギリギリで回避した飛行戦艦が、時計塔の脇をかすめる。飛行戦艦はそのままどんどん高度を下げ、手前に広がる湖へと不時着した。

激しい衝撃と轟音が艦橋内にいる三人を襲う。ヨルが身を挺《てい》してアーニャを守ろうとひしっと抱きしめた。

凍った水面をボロボロの飛行戦艦が、蒸気を巻き上げつつ凄まじい勢いで滑走する。やがてそれが止まると、割れた氷の下からわき上がった湖水が機体を覆った。

夜空に舞い上がった氷の粒子が、戦艦から上がる炎を照り返し、まばゆいばかりに輝いていた。

❄

フリジスの街から少し離れた高台で、ボンドとフィオナは湖に不時着する戦艦の様子を固唾を呑んで見守っていた。

「ボフボフボフボフボフ!!!」

三人の身を案じ、ボンドが悲痛な鳴き声を上げる。その後ろでフィオナもまた、

「…………先輩……」

愛する〈黄昏《たそがれ》〉の名を、呆然とつぶやいた……。

「…………」

完全に崩落した艦橋から、上の甲板に脱出した三人は、キラキラと降り注ぐ氷の粒子を眺めていた。この世の物とは思えないほど美しいその光景に見惚《みと》れていると、甲板の屋根に溜《た》まっていた水が三人の頭上に滝のように降り注いだ。

思わず目が点になる三人だったが、アーニャが「ぷははは」と吹き出し、ヨルも「ふふっ」と吹き出した。

「あはははは」

「わくわくすぷらーっしゅ」

ずぶ濡《ぬ》れで笑い転げる二人に、ロイドの表情も緩む。

するとぶるりと震えたアーニャが、

「へっきしっ！」

と盛大なくしゃみをした。

その際に唇《くちびる》についた小さな代物を、「うえっ」と指でつまみ上げる。

「これは……」

❄

とつぶやいたロイドが横から手を伸ばす。間違いない。マイクロフィルムだ。

まさか、今のくしゃみで胃の中から出てきたとも思えない。おそらくは——。

（歯の裏にくっついていたのか）

そう推測したロイドが、脱力しつつも苦笑いしていると、ヨルがのぞきこんできた。

「なんですか、それ？」

ロイドはマイクロフィルムを手の中に握りしめると、

「帰りのチケットです」

と、にっこり微笑んだ——。

エピローグ

東国《オスタニア》首都――バーリントでは、いつもと同じ朝が始まろうとしていた。

『昨晩、フリジス湖に着水した飛行戦艦は、訓練飛行中の事故とみられ――政府の事故調査委員会は製造メーカーと軍からの聞き取りをすでに始めていると発表しました』

ラジオから流れるニュースを聞きながら、ユーリは国家保安局のデスクにて、隠蔽書類の作成に追われていた。

(フリジス、姉さんが旅行に行くと言ってたけど、大丈夫だったかな)

不穏なニュースに最愛の姉の身を案じていると、部屋のドアが開き上官が顔をのぞかせた。

「ユーリ、こっちの書類も頼む」

と新たな書類の山をユーリのデスクに築く。

ユーリは寝不足気味の目を中尉に向けた。

「なんで、ボクらが後始末を手伝わなきゃならないんです？」

「そう言うな。軍が先走った事件となれば、国民が動揺する」

中尉は淡々とした声でそう言うと、さっさと部屋を出て行ってしまった。ずるい答えだと思う。そんな風に言われてしまえば、これ以上何も言えなくなってしまう。

ユーリは上官が出て行ったドアから眼《め》を逸《そ》らすと、

（……この一件、〈WISE《ワイズ》〉が介入してきたと思われるが、まったく情報が残っていない。こんなことができるのは……）

窓の外に広がる景色を見すえた。この空の下、どこかにいるであろう男をねめつけんと。

「また、あいつなのか、〈黄昏《たそがれ》〉……！」

悔しさに嚙《か》みしめた奥歯が、ギリギリと鈍い音を鳴らした。

❄

〈WISE〉の本部にて、シルヴィアは今朝《けさ》の新聞を読んでいた。新聞の見出しには、『飛行船事故、生存者なしか？』とある。

すべての紙面に隅から隅まで目を通し、

「さすがだな、〈黄昏〉。国家保安局が火消しに入ったようだが、君たちの痕跡は、何一つ見つけられていない」

満足げに新聞を置く。

語りかけた相手は、鞄《かばん》の中から真新しいワインボトルを取り出すと、

「はい。フォージャー家は、ただただ普通に家族旅行を楽しんでいたことになっています」

そう言って、こちらによこしてきた。

シルヴィアは無言で肯《うなず》きながら、左手でボトルを受け取った。表面下部に貼られたラベルを器用に剝《は》がすと、その裏には、今回の騒動の発端となったマイクロソフトが貼り付けられている。シルヴィアの口角がわずかに持ち上がる。

「うむ」

「ところで、オペレーション〈梟《ストリクス》〉の件ですが……」

「その件なら私からも話がある。オペレーション〈梟〉は、引き続き、おまえに担当してもらうことになった」

「えっ？　しかし、デップルは……」

怪訝《けげん》そうに尋ねてくる部下に、シルヴィアは一枚の写真をわたす。そこには、夜の街をバックに、デップルと彼にしなだれかかる女性の姿が写っている。

「とあるタレコミによって、奴《やつ》の不倫が露見してな。妻の父親である議員様から勘当されて、引継ぎの話はうやむやになったそうだ」

シルヴィアが再びボトルを眺めながらそういうと、視界の端で〈黄昏〉はきょとんとした顔をした。

「いやー、あいつもタイミングが悪いなー、バカなことをしたなー」

棒読みでそう続けるシルヴィアに、すべてを察した〈黄昏〉が小さな笑みを浮かべる。

デップルと一緒に映った女性は、〈WISE〉の諜報員《エージェント》――つまり、まんまと罠にはめたわけだ。

無論、それをあえて言葉にするほど、シルヴィアも〈黄昏〉も無粋ではない。

＊

〈WISE〉本部を後にしたロイドは、そこからさほど離れていない場所にある公園に向かった。ここの噴水広場にアーニャ、ヨル、ボンドを待たせている。

「すみません。待たせてしまって」

二人と一匹の姿を見つけ柵越しに声をかけると、ヨルが心配そうに尋ねてきた。

「患者さん、どうでした?」

「大したことなかったです。突然、呼び出されたから何かと思いましたけど」

嘘《うそ》の用事に更に嘘を重ねる。だが、ヨルはそれを素直に信じ、

「そうですか、よかった」

にっこり微笑《ほほえ》んでみせた。その横で、アーニャが両手を振っている。

「ちちー　さかな　いなかった」

「そりゃ、噴水だからな」

ロイドの冷めた返事をものともせず、アーニャは「ははー」とヨルの手を引いて噴水のまわりを歩きながら、何事か話している。アーニャの言葉にヨルが微笑む。ヨルにリードを引かれたボンドがうれしそうに二人を見上げながら、その足元にまとわりついているのが見える。

「…………」

ロイドはやれやれとため息を吐《つ》いたものの、その表情は存外にやわらかかった。

❄

(――オペレーション〈梟〉が継続できることになったとはいえ、油断はならん。今後も〝星《ステラ》〟獲得に専心せねば)

ヨルの手を引っ張りながら噴水をのぞきこんでいたアーニャは、不意に届いたロイドの心の声に、パァッと顔を輝かせた。

(ほーじゃーけ　まだおわらない!?)

興奮のままにヨルの手を離し、ロイドの元へ駆け寄る。

「帰るぞ。明日の調理実習のために、メレメレの特訓だ」

「とっくん　とっくん!」

まったくもっていつも通りのロイドに、鼻をハスハスさせながら答えると、自分を追って来たヨルに「はは!」と右手を差し出す。

それから、もう一方の手をロイドに差し出し、「ちち!　て!」と催促する。

右手をヨル、左手をロイドと繋《つな》いだアーニャはご満悦の表情で、時折、左右同時に腕《うで》を引っ張り上げてもらいつつ、緑の生い茂る遊歩道を歩いた。夕焼けで赤く染まった地面に、ロイドとアーニャとヨル、そしてボンドの四つの影が仲良く並んでいる。


「アーニャ　うまいかし　つくる」

「私も手伝います」

「!　いや、ヨルさんは――」

「アーニャ　ひとりでつくる」

「そっそうですね。これはアーニャさんの実習ですもの」

「アーニャがんばる　ぜったい　いっとうしょうとる!」

力いっぱい宣言すると、アーニャは大好きな二人の手をぎゅっと握りしめた……。

❄

休み明けの教室は、〝星〟獲得をかけた調理実習を前に、生徒たちの熱気でむせかえっていた。誰もが真剣な顔で、使用する食材や調理器具の準備に勤《いそ》しんでいる。

「じゅんび　かんぺき」

胸をそらすアーニャのとなりで、調理台に食材を載せたベッキーが、

「私はオレンジのレイヤーケーキを作るわ。うちのパティシエと特訓したの」

と誇らしげに宣言する。

「アーニャちゃんは、何作るの？」

「メレメレ！」

アーニャも自信満々で答えた。

すると、手前の調理台に立つダミアンが、バカにしたように鼻を鳴らした。

「メレメレ？　ハッ、古い菓子だな」

そんなダミアンの言葉に、ユーインとエミールがニヤニヤ笑う。

とっておきの菓子をくさされたアーニャは当然、ムッとしたが、勢いよく頭を左右へ振

ることで怒りを散らすと、

「あ～　おいしくできたら　じなんにも　たべてほしいな～」

と、やや棒読みながらも、プランB――なかよし作戦へ大きく舵《かじ》を切った。すべては、世界平和のため。フォージャー家の平穏のためである。

「はっ!?」

「アーニャちゃん、それって……」

狼狽《うろた》えるダミアンを尻目《しりめ》に、ベッキーがニマニマする。それに焦ったダミアンが必死に反撃してきた。

「なななんだって、おまえなんかが作った菓子を食わなきゃならねーんだ！　クソが！」

「ガーン！　そんなにイヤか……?」

ショックのあまりアーニャが両目をじんわり潤ませる。それを見た途端、ダミアンの顔がかぁっと赤くなった。ぐぬぬぬと声にならぬうめき声を上げ、

「バーカバーカ。おまえの手作りなんて、食えるか!!　ゲロ吐くわ、バーカ！」

といきまいたかと思えば、何故《なぜ》かその場から逃げ出してしまった。そんなダミアンを、ユーインとエミールの二人が慌てて追いかける。

「あいつ、さいてー」

呆《あき》れ声でベッキーがつぶやく。

（なかよしさくせん……しっぱい……）

アーニャがしょんぼり肩《かた》を落としていると、調理室の隅から爆発音が聞こえてきた。

「んん？」

アーニャとベッキーがそろって音のした方を向く、と――。

❄

「アーニャ　きかんしたー……」

学校から帰宅したアーニャの第一声を聞いた途端、

（やはり、ダメだったか）

とロイドは思った。リビングに入ってきたアーニャの項垂《うなだ》れた様子を見ても、とても首尾よくいったとは思えない。大方、失敗に終わったのだろう。

「アーニャさん、その、実習は……」

ヨルが心配そうに尋ねると、アーニャが顔を上げた。その顔は別段、しょんぼりしているわけではなく、むしろむっつりとしたような、納得がいかないというような顔をしている。

「ぶっこわれた」

「？」

わけのわからない言葉と共に差し出されたプリントを受け取り、ロイドが声に出して読み上げる。

「学校の厨房が故障、調理実習は延期。審査員はスケジュールの都合で教頭に変更……」

「こうちょうじゃないから　メレメレじゃ　だめになっちゃった」

アーニャが不満げに口をとがらす。なるほど、それでこの表情かと合点がいく。

ロイドはちょっと考えると、

「教頭……確か、南部地方のベリープディングに目がないと、校内新聞に書いてあった気が」

そう独り言《ご》ちた。その途端、アーニャがパッと笑顔になった。アーニャの思いを察したように、ヨルもまあと微笑んだ。

「行くか！」

ロイドの誘いに、

「行きましょう！」「いくー！」

うれしさを隠しきれぬ声が二つ、即座に返ってきた。

＊

「南部地方はここだ。暖かいから荷物が少なくて済むな」

「海が近いですね」

「うみ！　ばっしゃーん！　びしょびしょ！」


弾んだ声に、リビングで寝ていたボンドがしぱしぱと目を覚ますと、ローテーブルの上に地図を広げ、楽しげに語り合う三人の姿があった。


「アーニャさん、この間のは海ではなく湖ですよ」

「泳ぎを憶《おぼ》えるのに、いい機会になるか」

「トランプも持っていきましょう」

「ばばなき　ばばなき！」

「ババ抜きな。泣かせてどうする」


うれしすぎるのか、くるくるとその場で踊るアーニャを見守るロイドとヨル。旅行の計画を練る三人は仲睦まじい、極普通の家族に見えた。

直後、ボンドの脳にあるヴィジョンが流れこんできた。

——それは、海で仲良く遊ぶ三人の姿だった。

当然、それを眺めているボンドもこの幸福な未来に存在するのだ。

うれしくなったボンドは、「ボフーン！」と吠《ほ》えると、のっそりと身を起こし、大好きな三人の元へ駆け寄った。

❄

——片や、不運なこの男は、寒空の下、永遠に現れることのない相手を待っていた。

「ぶぇっくしょん!! うぅ……」

大きなくしゃみを一つすると、フランキーは鼻水を垂らしながら、ぶるりと震えた。

「おーい！ ロイドー！ マクナリー産のさくらんぼリキュール持ってきたぞ〜〜〜〜〜〜！ お〜〜い！」

フランキーの悲痛な叫び声が、フリジスの駅前に、いつまでも木霊《こだま》していた。

■初出
劇場版SPY × FAMILY　CODE: White　書き下ろし

[劇場版SPY × FAMILY] CODE: White

2023年12月27日　第1刷発行

著　者／遠藤達哉 ◉ 矢島綾　脚　本／大河内一楼

装　丁／シマダヒデアキ・荒川絵利 [L.S.D.]

編集協力／株式会社ナート

担当編集／六郷祐介

編集人／千葉佳余

発行者／瓶子吉久

発行所／株式会社　集英社

〒101-8050　東京都千代田区一ツ橋2-5-10
TEL　03-3230-6297（編集部）
03-3230-6080（読者係）
03-3230-6393（販売部・書店専用）

印刷所／共同印刷株式会社

Printed in Japan　ISBN978-4-08-703542-1　C0293

小説 JUMP j BOOKS
SPY×FAMILY
スパイファミリー
原作 遠藤達哉
小説 矢島綾
家族の肖像

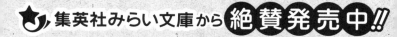

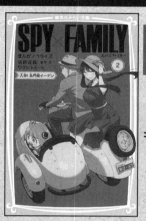

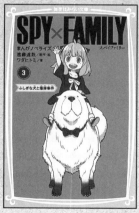